CRÉSUS

Confessions
d'un banquier pourri

FAYARD

© Librairie Arthème Fayard, 2009.
ISBN : 978-2-253-13319-3 – 1re publication LGF

Écris donc ce que tu as vu, ce qui est,
et ce qui doit arriver ensuite.

Apocalypse, 1, 19.

*À tous ceux qui font encore
confiance à leur banque…*

PROLOGUE

Vous ne me connaissez pas, vous n'avez jamais entendu parler de moi. J'ai grandi dans l'ombre, au cœur du sérail de l'argent. Je suis un parasite de la haute finance, l'un des membres du directoire d'une des plus grandes banques de France. À peine surpayé, j'ai ramassé quelques millions d'euros en une quinzaine d'années. Une paille, comparé aux salaires et aux primes des traders que je dirige. Ou plutôt que je dirigeais. Voici cinq mois, j'ai été écarté des affaires par un président soudain très à cheval sur les règles et le contrôle des risques. Il paraît que j'ai été négligent. Laxiste, même. Que j'ai planté La Banque. Bref, j'ai payé pour toutes les horreurs commises depuis deux décennies. J'ai surtout trinqué à la place du président.

Pourtant, même si j'ai longtemps fermé les yeux sur ce qu'il faut bien appeler nos pratiques mafieuses, je n'étais pas le seul aveugle aux commandes. On a foncé sur tout ce qui se présentait : les montagnes russes des produits dérivés, l'immobilier surévalué, les diversifications foireuses, les ventes à découvert… On a plongé à tous coups, ou presque.

Responsable ? Sans doute. Mais j'étais en bonne compagnie. Banquiers, investisseurs et autorités de contrôle (comme ils disent), on s'est tous auto-convaincus que la prospérité était là pour cent ans.

Quant aux agences de notation et aux ministres des Finances, ils ont une bonne excuse : en fait, ils n'y comprennent rien.

La fête a duré près de vingt ans. Vingt années à se gaver et à se moquer des règles tout en faisant la leçon à nos clients.

Autant vous le dire tout de suite, je ne serai pas le chevalier blanc de la profession. Dénoncer la spoliation de nos clients ? les marges ahurissantes sur les crédits ordinaires ? les commissions prélevées à tort et à travers ? Très peu pour moi.

De toute façon, aujourd'hui, il est trop tard. Le chaos s'est installé et le krach va durer malgré les commentaires astucieux qui, depuis septembre dernier, nous annoncent la reprise des Bourses et la fin du tunnel. La reprise ? On en reparlera dans un an. Peut-être deux. Le CAC 40, après avoir été en chute libre, n'arrive toujours pas à se redresser. La récession va nous appauvrir. Mais ne vous inquiétez pas pour nous : les banquiers s'en sortiront.

Maintenant j'ai envie de parler. Pour me venger ? Peut-être. Mais surtout pour démasquer la suffisance de ce milieu où j'ai évolué si longtemps. Et s'il n'y avait que la suffisance ! On pourrait aussi parler de l'incompétence de tous ces PDG, de leur corruption, aussi, d'une certaine façon. Même si elle ne tombe pas sous le coup des lois. Parce que tout ce qui se faisait était juste à la frontière de la légalité, il faut bien le reconnaître...

J'ai donc décidé de parler. Bien sûr, je ne pourrai pas tout dire, mais déjà, ce que je vais raconter, beaucoup auront du mal à y croire. Je vais pourtant dévoiler ce que j'ai vu, donner chaque fois que c'est possible les noms, les vrais noms des acteurs de ce chaos. Et révéler comment le krach s'est produit. Car le hasard ou la fatalité n'y sont pas pour grand-chose.

Forcément, cette confession ne plaira pas à mes pairs ni à mes ex-collègues. Banquier pourri ? Oui, j'assume. Pourri par l'esprit de lucre, les bonus, l'impunité, l'optimisme béat, le sentiment d'irresponsabilité. Gâté-pourri !

Au fait, vous voulez savoir si je compte rendre l'argent que je vous ai volé pendant toutes ces années ? Eh bien, je préfère vous le dire tout de suite : la réponse est non !

1

Dernières illusions

Tout a commencé à la fin des vacances. Je m'étais offert trois semaines de farniente à Cavalaire, près de Saint-Tropez, dans notre nouvelle maison payée cash trois millions d'euros au printemps précédent. Elle étrennait ses façades toutes blanches après des travaux pharaoniques suivis de près par Isabelle. (Isabelle, c'est ma femme.) Dix pièces, six chambres avec terrasse, huit salles de bains, une piscine à débordement, un accès direct à la mer et du personnel à demeure. Une vraie réussite. « Il était temps ! s'était écriée mon épouse, jamais en retard d'une vacherie. Après tous les sacrifices que j'ai faits… »

Des sacrifices ? Je travaille pour La Banque depuis quinze ans, naviguant entre New York et Paris au gré des nominations, grimpant les échelons un à un. À force de ténacité, j'ai fini par devenir numéro deux en 2007 (certains perfides diront numéro trois), un peu par hasard, en profitant d'une guerre de succession au cœur du directoire. Bien sûr, Isabelle avait dû gérer un retour en catastrophe sur Paris, mais de là à parler de sacrifices… La vérité, c'est qu'elle n'a jamais eu confiance en moi. Je ne suis pas énarque, pas même issu d'une grande école de commerce. Circonstances aggravantes : mes parents ne font pas partie de l'élite et j'ai passé mon bac à Limoges. Pour une demoiselle B…, fille d'un cadre de l'industrie pharmaceutique, la pilule était dure à avaler. Je l'avais séduite avec des costumes Saint Laurent et ma montre à complications. Quand on s'était rencontré, je vivais très au-dessus de mes moyens, mais mon salaire doublait régulièrement. J'y croyais. Elle aussi. Elle m'avait suivi avec la vague impression de s'être fait rouler en découvrant, après notre mariage, le pavillon de mes parents, à Panazol. Elle était enceinte de Chloé. J'avais acheté une Jaguar d'occasion. Elle était restée.

Quinze ans plus tard, Isabelle affichait la panoplie de la femme comblée : bijoux, sacs de marque, duplex dans le VIIIe arrondissement, abonnement au Ritz Health Club, « parce que c'est plus près de la maison ». Et maintenant la propriété à Cavalaire. Tout ça sans lever le petit doigt. Ou presque. Naguère séduisante, ma femme s'était transformée en quadra un peu sèche et tout juste polie. Côté couche conjugale, j'ai droit au minimum syndical. C'est maigre, mais je fais avec.

Le mois d'août a été parfait. Isabelle avait bien essayé de plomber l'ambiance en énumérant longuement les insolences de Chloé depuis sa puberté, je m'en moquais totalement. À treize ans passés, ma fille est belle et intelligente. Elle me ressemble et j'ai toutes les indulgences à son égard. J'avais désamorcé les conflits en lançant des invitations à tour de bras. Finalement, c'est assez simple de jouer au couple parfait, perdu au milieu d'une dizaine de convives. De temps en temps, j'embarquais Chloé à Saint-Tropez. On y croisait quelques connaissances enracinées chez Sénéquier.

C'est ainsi que j'ai pris un verre, début août, avec Nouriel Roubini, un copain économiste à New York. Je me souviens parfaitement de la conversation que nous avons eue sur cette terrasse mythique, face aux yachts qui paradaient sur le port. Nouriel émergeait à peine du sommeil et sans doute d'une bringue mémorable. Surnommé le « Cassandre de Wall Street » à cause de ses prédictions alarmistes, ce type possède d'immenses qualités et seulement deux petits défauts : le goût des fêtes et une absence totale de respect pour l'establishment financier. Ça a dû lui jouer quelques tours, mais ça nous a rapprochés. Aux États-Unis, les banquiers français ont la réputation d'être d'excellents convives qui savent choisir le vin et distraire les dames. Dès lors, il est assez simple, pour un expatrié comme je l'étais à l'époque, d'être invité partout. Nouriel faisait partie des gens que j'appréciais et dont j'admirais la ténacité. Depuis de longs mois, Mister Doom (Monsieur Mauvais présage !), comme le surnomme les journalistes, annonçait le pire dans l'indifférence générale : la crise des *subprimes* allait entraîner une crise systémique, la faillite de plusieurs banques et une longue récession de l'économie américaine qui se propagerait à l'étranger, tel un feu de forêt. Rien que ça. Je connaissais ses théories, mais, ce jour-là, j'avais plutôt envie de m'intéresser à ses récentes conquêtes.

« Ça donne quoi, cet été ?

– Écoute, on voit arriver de jolies choses. Ça vient des pays Baltes, de Hongrie… Voire de Roumanie.

– De Roumanie ? Elles ont assez d'argent pour venir jusqu'ici ?

– Il faut croire qu'elles investissent… »

Après quelques échanges sur les prestations de ces estivantes, Nouriel était revenu à son sujet de prédilection : la chute de l'Empire américain.

Je n'arrivais pas à croire que les banques américaines étaient dans l'état qu'il me décrivait, que la Sec, le gendarme de la Bourse new-yorkaise, ne faisait pas son boulot, et que le gouvernement de Bush ne comprenait rien à ce qui se passait. J'évitais de le relancer sur le sujet et préférais détourner les yeux et la conversation vers les jambes des passantes. Cela faisait deux ans que Nouriel s'acharnait à nous annoncer la fin du capitalisme dans l'indifférence générale. Même si je l'aimais bien, je n'accordais aucun crédit à ce qu'il racontait. Mes confrères français l'avaient surnommé « l'Illuminé », histoire de tourner en dérision son air sombre et pénétré. La prospérité ambiante contredisait chaque jour ses affirmations. Bien sûr, la crise des *subprimes* qui nous était tombée dessus l'année précédente semblait lui donner raison, mais nous étions sûrs de nous. Il ne pouvait rien nous arriver.

C'était l'été. Nous avions l'esprit tranquille. N'étions-nous pas les maîtres du monde ?

2

Petits secrets bancaires

Au fond, j'étais assez content de retourner au bureau. J'avais beau critiquer La Banque, c'était mon univers, mon gagne-pain et ma distraction principale. On était le 23 août. Isabelle serait bien restée un peu plus au soleil, mais Chloé voulait regagner Paris pour préparer sa rentrée en écumant les boutiques de fournitures scolaires branchées. En revenant, nous fîmes un petit crochet par la Suisse. Je devais passer à Genève pour régler quelques affaires. J'avais calé deux rendez-vous importants. Le premier, rue du Rhône, dans la fameuse boutique Jaeger-LeCoultre. Voilà deux ans que je rêvais d'acquérir l'un des tourbillons les plus époustouflants du monde, la Reverso à triptyque. Une montre culte. Dix-huit complications et trois cadrans pour marquer le temps civil, le temps sidéral et le temps perpétuel. Un chef-d'œuvre édité à quelques centaines d'exemplaires, réservés et payés cash par tous les milliardaires de la planète bien avant la sortie du modèle. Je sais patienter. Et j'ai fini par l'avoir. Avant de passer à la caisse, j'allai me recueillir dans la boutique. Seul. Il valait mieux. Cette montre m'a coûté 335 000 euros. Évidemment, pour la plupart des gens, ça peut paraître beaucoup. Mais c'était dans mes moyens. En plus, cette Reverso ne ressemble à rien. Le summum du luxe.

Mon second rendez-vous semblait plus banal. Nous devions dîner avec mon ami Konrad Hummler. Ex-cadre dirigeant d'UBS, Hummler avait lâché ce poids lourd de la finance en 1990 pour prendre en main Wegelin & Co, la plus ancienne banque privée suisse, et, à l'époque, l'une des plus modestes. En moins de vingt ans, Wegelin est devenue l'une des places-fortes de la gestion de fortune. Une performance qui a conduit Konrad à la tête de l'ABPS, l'Association des banquiers privés suisses. Parfaitement inconnu en Europe, Konrad est considéré chez lui comme un banquier très original, anarchiste et impertinent. Une description inattendue pour désigner l'un des plus puissants financiers de Genève, qui sait parler cru et taper fort.

Quand on sort de l'ascenseur du Noga-Hilton, quai du Mont-Blanc, il suffit de faire quelques pas pour tomber sur un bar luxueusement interlope. Là se mélangent habituellement des voyous déguisés, croient-ils, en hommes d'affaires, quelques hauts fonctionnaires de la FAO – chargée de lutter contre la malnutrition dans le monde – et une poignée de créatures sublimes en quête d'une lucrative deuxième partie de soirée. Curieusement, les banquiers locaux apprécient cet endroit baroque, peut-être à cause de l'ambiance exotique que l'on y sent régner autour de soi. Le parfum d'un vague danger, bien feutré, à la mode genevoise.

Le restaurant offrait une base de repli plus rassurante. Ce soir-là, Isabelle et moi étions arrivés avec quelques minutes d'avance. Les sujets de conversation d'un vieux couple n'étant pas légion, la vue exceptionnelle sur le lac Léman nous aida à patienter. Konrad et son épouse devaient nous rejoindre à vingt heures. Autant dire qu'en Suisse, c'est l'heure du souper. Le restaurant commençait d'ailleurs à se vider, les Suisses veillant par-dessus tout à préserver leur temps de sommeil. Bizarrement, cet homme si ponctuel était en retard. Très en retard. Une bonne demi-heure, murmura Isabelle que cet imprévu commençait à agacer.

« Ce n'est pas son genre. Tu es sûr que c'était ce soir ? Appelle-le, Damien, il se passe forcément quelque chose. »

Les relations que nous avions, Konrad et moi, reposaient sur une grande confiance mutuelle. Il me racontait parfois des anecdotes aussi significatives que croustillantes sur les marchés. Sa confiance était liée à un de nos points communs : le goût du secret. Ce réflexe s'était bien sûr étendu, sans que le sujet eût jamais été abordé entre nous, à nos épouses respectives. D'une manière générale, je considérais qu'Isabelle n'avait pas à connaître les pratiques de La Banque. Honorable ou non, la face cachée de ma vie professionnelle ne la regardait pas.

« Mais pourquoi n'appelle-t-il pas ? Et elle ? Rien ne l'empêche de nous passer un coup de fil. Vraiment, pour des gens si bien élevés… »

Pur produit de la très chic école privée Notre-Dame-des-oiseaux, Isabelle était très à cheval sur ce genre de détails. Je n'ai pas répondu. Dans ces cas-là, la vie de couple exige de limiter les échanges pour éviter que la discussion ne s'envenime. À l'évidence, il se passait quelque chose. Accident ? Embouteillage ? Il y avait une autre hypothèse : ce contretemps pouvait être lié à la réunion secrète qui s'était tenue dans l'après-midi. Konrad m'en avait glissé quelques mots au téléphone en me confirmant le lieu de notre dîner. « On commence à quatorze heures… Ce sera fini vers dix-huit heures au plus tard », m'avait-il avisé du ton détaché qu'il affectionnait en abordant des sujets sensibles.

Une fois de plus, le secret bancaire était au cœur des débats.

Tous nos ennuis avaient commencé au début des années 2000, à cause des États-Unis. Contrairement à une idée reçue en Europe, la fraude fiscale a toujours été l'une de leurs bêtes noires. Bush père et Clinton avaient commencé à faire des vagues en incitant l'Internal Revenue Service, autrement dit le fisc américain, à mettre la Suisse au pas. Bush fils avait suivi en faisant même du zèle. Le tournant s'était produit en janvier 2001. À partir de ce moment-là, les États-Unis avaient contraint la Suisse à signer un texte inique : il s'agissait d'accords de coopération fiscale – c'était la formule utilisée – obligeant les banques ayant des comptes de résidents américains à les signaler au fisc de leur pays. Bref, à les balancer. Pour vérifier si Genève appliquait de bonne foi ces dispositions, les Texans de la Maison Blanche n'y étaient pas allés de main morte.

À côté de la CIA, ils disposent d'une agence ultra camouflée, la NSA (National Security Agency). Une machine de 80 000 personnes qui enregistrent chaque semaine des centaines de millions de communications de par le monde. La NSA, créée à l'origine pour lutter contre les communistes, s'était retournée contre les banques suisses ! Et puis aussi, au passage, contre certains établissements européens. La France, pas très populaire auprès de l'administration Bush en 2001, était dans le collimateur au travers d'établissements comme le nôtre, qui possèdent quelques filiales dans des paradis fiscaux.

Après le 11 septembre et la chute des tours, la lutte contre les dingues d'Al-Qaïda avait très opportunément offert un alibi supplémentaire pour renforcer cette surveillance.

Mais le pire nous était tombé dessus quand la Commission européenne, toujours à la traîne, s'était calquée sur la ligne américaine.

Depuis des années, Bruxelles tentait de briser les barrières entourant les zones off shore. La fameuse « loi du silence », comme l'appellent les journalistes en mal d'inspiration. En Europe, la pression montait contre ces États de pacotille bien campés sur leur secret bancaire. La bagarre avait là aussi commencé en 2000, lorsque l'OCDE avait dressé deux listes de paradis fiscaux. Trois pays européens auraient dû figurer sur la première liste noire : le Luxembourg, l'Autriche et la Belgique. Mais l'OCDE, avec un sens de la diplomatie qui l'honore, les avait simplement qualifiés de « pays à secret bancaire excessif ». La seconde liste dressée par l'Organisation de coopération et de développement économique était plus stricte, puisqu'il s'agissait justement des paradis fiscaux « non coopératifs ». Trois pays européens s'y étaient fait remarquer : l'Andorre, le Liechtenstein et… la Suisse, soudain menacés de lourdes représailles s'ils ne se décidaient pas à lever le secret bancaire en cas de fraude fiscale.

Au fil des années, le ton était monté, jusqu'en 2003 où la Commission européenne avait ouvertement exigé des Suisses qu'ils dénoncent leurs clients. Rien de moins ! C'est là que Konrad était entré en piste. En tant que responsable de la très select association des Banquiers privés suisses, qui compte en tout et pour tout quatorze membres, il avait déjà négocié comme un chien avec les eurocrates.

Je me souviens parfaitement du récit qu'il m'en avait fait à l'été 2005. Il venait de clôturer une séance historique de ce bras de fer. Konrad m'avait expliqué que la discussion s'enlisait sans que les gars de la Commission acceptent de lâcher quoi que ce fût. Pis, ils menaçaient une fois de plus de suspendre tous les flux financiers entre Europe et Suisse. Les Suisses n'en pouvaient plus, et Konrad avait décidé de sortir son joker : « Vous voulez vraiment la transparence, messieurs ? Parfait. Alors nous pourrions nous intéresser aux trois commissaires qui ont chez nous des comptes qu'ils ont bêtement oublié de déclarer. J'ai peur qu'à Bruxelles ça crée un certain malaise parmi vos collègues… Tout est là, dans ce dossier posé devant moi. »

Un sacré coup de poker dont personne n'a jamais rien su. Konrad m'avait raconté en rigolant avoir vu blêmir les représentants de la Direction des affaires monétaires et financières de l'Europe. Ces apparatchiks ne savaient plus quoi faire.

Il y avait eu un interminable silence. Le chef de la délégation européenne, un Allemand, n'osait même plus regarder ses collaborateurs. Konrad avait repris la parole :

« Évidemment, il y aurait une autre solution. On pourrait peut-être renoncer à cette idée de dénonciation de clients par les banques que je représente, qui heurte profondément nos traditions et notre loi sur le secret bancaire. La solution pourrait être d'adopter une imposition sur ces comptes, que nos établissements collecteraient pour la reverser ensuite aux États concernés. Nos clients verraient ainsi leurs droits respectés et, dans le même temps, ils paieraient un impôt forfaitaire sur les sommes que vous jugez relever de l'évasion fiscale. Qu'en pensez-vous ? »

C'était gagné. À l'époque, Suisses et Européens s'étaient mis d'accord en moins d'une heure sur le montant de ces prélèvements forcés. Ils ne porteraient que sur les dividendes, sans être pour autant négligeables : 25 % dans l'immédiat, et 30 % à partir de 2011. En bout de course, les Suisses avaient réussi à écarter les personnes morales de la négociation, ce qui représentait pas mal de comptes. Ceux, notamment, dont je m'occupais personnellement quand je passais par Genève.

La Commission attendit trois ans avant de refaire parler d'elle en déclarant une nouvelle fois la guerre au secret bancaire. Début 2008, Lazlo Kovacs s'était lancé dans une nouvelle campagne médiatique. Le commissaire européen à la fiscalité n'avait pas pour habitude de mâcher ses mots. Selon lui, ceux qui s'infligeaient un taux de prélèvement à la source de près de 30 % étaient la preuve vivante que les paradis fiscaux cachaient de l'« argent illégal ». Sans blague !

Qu'avait encore pu inventer Konrad, cet après-midi-là, pour tenter de faire reculer la Commission ?

3

Entre amis

Parmi ses avantages, le Noga Hilton offrait à ses clients un rare privilège : le silence. Les serveurs murmuraient, les clients aussi, aucune musique n'importunait l'assistance. Ce n'est qu'au dernier moment, quand ils s'approchèrent de notre table, que j'aperçus nos amis.

Très connu dans le restaurant, ainsi qu'en témoignait l'agitation qui s'était emparé des maîtres d'hôtel, Konrad Hummler venait de surgir, accompagné de sa blonde épouse. À cinquante-cinq ans, mon ami arborait un visage jovial barré d'une petite moustache poivre et sel, un crâne quelque peu dégarni et des lunettes rondes qui donnaient au personnage un petit air mutin. Flegmatique comme à son habitude, Konrad salua discrètement quelques dîneurs attardés. Il se dirigea vers Isabelle et s'excusa avec tant d'insistance que celle-ci le rassura en minaudant, tandis que j'embrassais sobrement sa femme.

Le couple s'assit et Konrad commanda aussitôt un grand cru millésimé.

« Mon cher ami, aurions-nous quelque chose à fêter ?

– L'heure n'est pas à la fête, Damien, mais nous devons reprendre des forces, croyez-moi… »

Je tentai de masquer mon impatience. Ces négociations qui ne faisaient l'objet d'aucune communication officielle concernaient aussi La Banque. Après tout, notre filiale de Genève servait à protéger les patrimoines de nos plus fidèles clients. À ce titre, il nous arrivait régulièrement de refuser de transmettre à Bercy les informations qu'on nous réclamait, menaces à l'appui.

« Vous avez vu, dis-je à Konrad d'un ton neutre, que le pressé de foie gras aux artichauts et au miel de lavande est toujours à la carte ? »

Son visage demeura sombre. Il sortait manifestement d'une rude bataille.

« Je vais vous étonner, mais je ne suis pas sûr d'avoir très faim.

– Ce n'est jamais bon signe, chez vous.

– Je vais vous raconter, dit-il en s'emparant d'un verre que le sommelier venait de remplir de Margaux, mais auparavant, permettez-moi de rendre hommage à nos épouses. J'ai cru que j'allais mourir de soif, aujourd'hui !

– Comment vont les filles ? enchaîna Isabelle. Elles ont passé l'été avec vous ?

– Nous étions aux États-Unis où notre aînée va s'installer pour deux ans à la rentrée. »

Les Hummler ont quatre filles dont la benjamine a exactement l'âge de Chloé. Je savais combien mon ami était attaché à sa famille et jusqu'à quel point sa petite dernière était capable de le faire tourner en bourrique… Encore un terrain d'entente entre nous.

« Je ne vais pas vous faire lanterner plus long-temps. On a dû sortir l'arme lourde : ils étaient déchaînés ! Je ne pensais pas que Barroso leur mettait une telle pression.

– Le président de la Commission ?

– Évidemment. En tous cas, on leur a clairement fait comprendre qu'on était prêt à suspendre toutes les transactions avec l'Europe s'ils continuaient à montrer les dents.

Je n'en revenais pas : les Suisses venaient de menacer la Commission européenne de geler tous les avoirs européens ! Autrement dit : « Si vous continuez à nous emmerder avec le secret bancaire, on vous coupe les vivres, on ferme vos filiales chez nous, et on vous coule. » Une position radicale.

– Et ils vous ont cru ?

– Il faut croire que oui ! »

Je savais que Konrad n'en dirait pas plus.

« Bravo, vous vous en êtes encore bien sortis…

– Pas vraiment. C'est maintenant que les ennuis vont commencer. Avec ce qui s'est passé cet été…

– C'est-à-dire ?

– Je parle de ces mastodontes qui sont en train de couler le système : Citigroup, UBS, mais aussi votre banque, si je ne me trompe… Vous avez vu ce qui s'est passé fin juillet ?

– Lehman est allé pleurer dans le giron de la Fed pour obtenir le statut de banque commerciale et piquer ainsi l'argent du contribuable, c'est bien ça ?

– Exactement. Et cet idiot de Paulson a refusé. La vérité, c'est que les banques centrales veulent faire peur à tous ces conglomérats, mais il est trop tard. C'est déjà foutu ! »

Au fond, Konrad avait peut-être raison. À force de vouloir contourner les règles de notre métier, nous avions tous exposés nos banques à des risques mortels. Il suffisait de ne pas trop y penser.

Je regardai mon complice entamer son assiette avec entrain. Toujours le même. Dès qu'il avait vidé son sac, Konrad, soulagé, remplissait son estomac.

« Tous ces risques qui s'accumulent, finalement, c'est votre syndrome de la saucisse ? »

Isabelle en était restée bouche bée.

« Le syndrome de quoi ?

– Une de mes plus jolies formules, ma chère Isabelle. Vous avez entendu parler de la crise des *subprimes*, n'est-ce pas ?

– On ne peut plus sortir dans Paris sans que Damien se fasse prendre à parti par nos amis à ce sujet : ça devient épuisant !

– Eh bien, quand on m'interroge, je compare les banquiers à des bouchers pas très consciencieux. En fait, nous avons fait disparaître les crédits à hauts risques dont nous voulions nous débarrasser en les mélangeant avec des créances de bonne qualité. La fabrication de ce cervelas d'un genre nouveau s'appelle la titrisation. Ensuite, on débite les nouveaux titres en tranches, qu'on vend en engrangeant au passage de belles commissions !

– Qu'est-ce qui est illégal dans tout ça ? interrogea Isabelle d'un air studieux.

– Rien, le problème est ailleurs. Quand les morceaux de viande avariée – en l'occurrence les *sub-*

primes – pourrissent et deviennent toxiques, ça contamine toute la saucisse, et les acheteurs tombent malades.

– Et maintenant, que va-t-il se passer ?

– On ne sait pas. Je pense que ceux qui ont trop mangé de saucisse ne s'en sortiront pas. Quant aux autres, ils considèrent désormais que tous les bouchers sont des escrocs et des empoisonneurs.

– Qui pourrait leur donner tort ?

– Certainement pas moi ! Je pense que la crise de confiance qui va toucher les banquiers en Suisse ou ailleurs est infiniment plus virulente que la mise à mal du secret bancaire. Infiniment plus ! »

Il était dix heures du soir. L'équivalent de deux heures du matin à Paris. La femme de Konrad avait étouffé un petit bâillement. C'était le signal du départ.

L'opinion générale, parmi les banquiers, était que la crise des *subprimes* représentait le point culminant de la crise. Konrad allait bien plus loin en disant au fond la même chose que Nouriel Roubini : le pire était devant nous.

4

Premiers dérapages

Lundi 25 août. Paris était encore en vacances. Étrangement, les Parisiennes souriaient et le taxi m'avait remercié en empochant son pourboire. Ça ne durerait pas.

J'avais regagné mon bureau d'angle à l'étage de la direction. Le président ne revenait que mercredi : bonne nouvelle. J'avais deux jours pour me replonger dans le bain sans agression inutile. Mon assistante m'attendait avec un enthousiasme modéré en contemplant la montagne de courrier accumulée pendant l'été.

« Bonjour, Monsieur. Y a-t-il des urgences ? Sinon, je vais trier tout ça. J'en ai pour une bonne heure.

– Pas de souci, prenez votre temps. »

J'ai éclusé tous mes courriels avant de m'offrir mon premier café de la matinée. Il ne s'était pas passé grand-chose de bouleversant en mon absence. Dans la banque, peut-être plus encore qu'ailleurs, l'inaction est de règle pendant le mois d'août. Je touillais mon expresso quand j'ai vu la tête d'Étienne passer par l'entrebâillement de la porte.

« Je peux ?

– Entrez, je vous en prie. »

Étienne était responsable du back office, le service qui effectue matériellement les transactions tout en surveillant la stricte application des règles. Il avait demandé à me voir dès mon retour. On a parlé vacances et rugby pour s'échauffer. Chargé entre autres de la direction financière et des risques, j'avais pour tâche de veiller au respect des procédures encadrant l'activité de ces produits structurés dont le succès faisait décoller depuis des années les résultats de La Banque.

« Alors, comment vont nos gars ? »

Étienne – je ne donne pas son nom pour préserver ses chances de retrouver un jour du travail – se racla la gorge avec une gêne telle que je devinai l'arrivée imminente d'un emmerdement.

« Dans l'ensemble, bien. Vendredi, on a dégagé dix-huit millions et les types ont le moral… »

Il laissa sa phrase en suspens.

« Mais ? »

Son regard m'évitait désormais. Je n'aimais pas ça.

« On dirait que quelqu'un a déconné, à Delta Force One. »

Je sentis une décharge d'adrénaline me brûler le sternum. Delta est l'une de nos unités pilotes qui regroupe les traders d'élite de La Banque. Une des vitrines qu'on a plaisir à exhiber aux journalistes financiers pour les impressionner. Ces jeunots sous coke – la plupart finissent d'ailleurs par oublier les caméras de surveillance en sniffant leur poudre sous l'œil des vigiles –, ces cadors, donc, contribuaient jusque pour 60 % aux résultats de La Banque. À ce titre, ils étaient les protégés du président qui leur passait pas mal de bêtises pendant que je fermais les yeux… en ayant soin de commander un double des bandes de vidéo-surveillance, rangées en lieu sûr. On ne sait jamais.

« Ça veut dire quoi ?

– En fait, ils seraient deux…

– Ça va. J'ai compris, balancez la suite.

– Ils ont dépassé leurs plafonds d'engagements.

– De combien ?

– Pas mal. On est en code rouge. »

Le code rouge signifiait que La Banque était en danger au vu de l'importance des engagements pris de façon illicite.

« Depuis quand ?

– Difficile à dire, sans doute depuis mercredi dernier. »

Une inquiétude mêlée de scepticisme montait en moi.

« Quatre jours de code rouge au back office, et personne n'a actionné l'alarme avant ? Pendant tout ce temps !

– C'est-à-dire… Il y avait les congés… Et puis nous, on a demandé à vous voir, dès qu'on a été prévenu ! C'était ce matin, par Philippe…

– Qui ?

– Le chef du desk…

– Je vois. Et les deux responsables ?

– Julien et Charles-Henri. »

J'étais sous le choc. Tous deux étaient considérés comme de bons éléments, mais surtout Charles-Henri faisait partie de ma dream team américaine, importée directement de New York au moment de ma nomination à Paris.

« Qu'est-ce qu'on fait ? »

La question était à la fois gênante et déplaisante. Ce trouillard tentait évidemment de m'attirer dans ce que je devinais être un tas de boue.

« Quelle question ! Faites votre boulot, mon vieux. »

Il y eut un silence.

« Mais… Vous connaissez Charles-Henri, j'ai pensé que vous voudriez peut-être en parler avec lui…

– La perte est de quel ordre ?

– Il n'y a pas de perte. Pour le moment.

– Expliquez-vous.

– On a 900 millions en trop dans les listings… », rétorqua d'une voix quasi inaudible le cadre du back office.

Par expérience, je savais ce que valait ce genre d'annonce.

« Et au final ?

– On ne sait pas encore. Tant que les positions ne sont pas débouclées… »

Je fis effort pour ne pas exploser.

« Et vous n'avez toujours rien fait ? Qui est au courant ?

– Personne, à part vous et Marge, au back office. Elle a insisté… enfin, j'étais d'accord, bien sûr, mais… Bref, on a pensé que c'était mieux de vous prévenir tout de suite. »

Cette dernière précision me fit sursauter.

« Pas tout de suite, Étienne, dis-je d'une voix douce, depuis mercredi, ça fait… cinq jours ! Une paille, n'est-ce pas ?

– Oui, mais… Enfin, on était sûrs, mercredi, mais on a eu des doutes, un peu avant.

– Eh bien, on avance ! Lentement, mais on avance, Étienne. Un peu avant, c'était… ?

– En fait je crois que les premières alertes datent du jeudi précédent… Mais, vous étiez en vacances, alors… »

Comment suis-je arrivé à garder mon calme ? Mystère.

« Bien. Cela fait donc en réalité dix jours que vous êtes deux à savoir que ces timbrés ont violé toutes nos procédures de sécurité sur les transactions.

– C'est vrai. Mais, vu le résultat, c'est plutôt une bonne nouvelle, non ?… »

– Attendez une seconde. D'où vient l'alerte ?

– Eh bien, des… Allemands. Vous savez, la centrale qui passe nos ordres, Eurex. Mais on ne pouvait pas…

– Et ils se sont manifestés quand, ceux-là ?

– Eh bien…

– Quand ?

– Il y a un mois environ. Mais, vous comprenez, si on devait vous prévenir chaque fois qu'il y a une alerte de ce genre, vous n'auriez plus le temps de rien faire…

– Pardon ?

– Enfin, c'est ce que m'avait expliqué votre prédécesseur.

– Vous avez eu tort. Vous auriez dû m'en parler immédiatement. Aujourd'hui, le résultat est positif, mais demain ils perdront dix milliards dans notre dos, et qui sera responsable ? Vous ? Bien sûr que non ! »

J'avais à peu près compris la situation. Je me suis levé et Étienne a dû en faire autant. « Je vous rappelle très vite, mais là, je dois vous laisser », lui ai-je lâché d'un ton sec. Son visage est passé du blanc au jaune. Il a bredouillé quelque chose où il était question de procédures, de vérifications, d'éléments de valeurs, de *trade record* impeccables (traduction : états de services des deux jeunes cons), et il est sorti à reculons comme s'il craignait d'être abattu d'une balle dans le dos avant d'avoir quitté mon bureau. J'ai ouvert ma messagerie et ai commencé à taper le courrier suivant :

« Cher Étienne, Vous venez à l'instant de me révéler avec un retard inexcusable des informations susceptibles de mettre en danger La Banque… »

5

Exotiques… ou toxiques ?

Tout compte fait, mon retour de vacances ne se présentait pas aussi bien que prévu. Parce que c'est moi qui assumais la charge du contrôle des procédures. Et, bien sûr, c'est moi qui sauterais si d'autres cadavres sortaient des placards dans les jours suivants.

Au-delà des erreurs d'appréciation du chef du back office et des deux inconscients, je savais que c'était toute l'organisation de La Banque sur laquelle j'avais en vérité peu de prise. La multiplication des niveaux hiérarchiques faisait écran à la remontée des informations, voire à l'évaluation correcte des risques. Il me fallait réagir.

D'abord, l'information. Avant de convoquer les deux coupables pour leur faire cracher le morceau, il me fallait un moyen de pression. J'appelai l'équipe de surveillance informatique en exigeant qu'une copie de tous les mails des deux traders tombe dans mon ordinateur. Directement. Sans passer par ceux d'Étienne ou de ses collègues. Étrangement, ma demande ne parut pas illégitime. J'eus même le sentiment que la sécurité avait l'habitude de ce genre de procédure pas très orthodoxe.

Ensuite j'ai tenté d'obtenir un historique des dérapages, contrôlés ou non. C'est là que les choses se sont compliquées. Apparemment, il n'y avait pas de précédents. J'ai passé un peu plus tard Étienne à la question. Il a fini par avouer qu'effectivement, une à deux fois... Mais rien de bien précis. Pourtant, au vu des risques pris par La Banque depuis plus de dix ans, j'imaginais bien les incidents. Nombreux et salés.

J'ai fait imprimer des listings résumant les opérations des dernières années, et j'ai tenté de reconstituer l'histoire de ces produits exotiques sur lesquels travaillaient les deux coupables. Ces articles très spéciaux, mis au point dans les « ateliers » de La Banque, ressemblaient à s'y méprendre à tous les produits désormais toxiques du monde entier : beaucoup de risques, peu de précautions. Avec, jusqu'à présent, des conséquences plus que positives sur le bilan comptable de La Banque. Un vrai tour de magie à grande échelle. Pour combien de temps ?

Nos traders d'élite travaillaient main dans la main avec l'équipe des structureurs, ces petits génies qui ciselaient à toute vitesse un tas de produits financiers exotiques. Ces produits étaient considérés, au vu des commissions qu'ils rapportaient, comme les nouveaux joyaux de notre couronne. Mais ces pierres précieuses pouvaient aussi cacher de vulgaires « saucisses », si l'on en croyait Konrad Hummler. Quoi qu'il en soit, depuis plusieurs années, tous ces montages sophistiqués aux noms barbares, CDO (Collateralized Debt Obligations) ou ABS (Asset Backed Securities), se vendaient comme des petits pains.

Courtisés par les banques du monde entier, nos petits génies se prenaient pour des alchimistes capables de changer en or le contenu de nos poubelles. De la magie saturée de mathématiques. À coups de formules et d'équations, la titrisation permettait d'escamoter des risques intenables… pour les transformer finalement en profit.

Le processus était assez simple : au départ, on balançait aux structureurs des impayés ou des crédits à risques. Ensuite les types qui vendaient notre camelote noyaient ces produits incasables dans toutes sortes de liquidités avec deux objectifs : d'abord, faire passer le risque de La Banque vers la Bourse, comme on se débarrasserait d'un mistigri encombrant, et, deuxième objectif, nettoyer nos bilans, puisque les créances invendables disparaissaient du passif pour réapparaître miraculeusement dans la colonne des actifs.

Forcément, ce tour de prestidigitation comptable nous avait incités à aller plus loin : puisqu'on pouvait se défaire des risques en les plongeant dans cette machinerie invisible au commun des mortels, pourquoi se gêner ? On avait donc joué comme des malades sur ce que nous appelions l'« effet de levier ». Si j'ai huit euros, je peux en prêter cent. Ça, c'est le principe, surveillé par l'Europe qui définit les règles de prudence et vérifie – très ponctuellement – que les fonds propres bloqués par les banques sont proportionnels aux risques encourus.

Heureusement, cette fameuse titrisation nous sauva la mise en nous offrant de pouvoir contourner toutes ces dispositions totalement ringardes ! Puisque les prêts disparaissaient de nos bilans grâce à ces produits exotiques, nos fonds propres n'étaient pas touchés. On avait donc légalement la possibilité de prêter plus. Jusqu'à cinq cents, voire davantage, pour nos huit euros gardés en caisse ! L'« effet de levier » a trop bien joué. On avait poussé à fond le système. Jusqu'au moment où le levier s'est transformé en massue. Et le ciel nous est tombé sur la tête.

Quand la crise des *subprimes* a déferlé sur les États-Unis, au printemps de 2007, on ne s'est pas sentis visés. Les crédits immobiliers accordés à des ménages insolvables pour acheter des biens à des prix démentiels, c'était pas notre genre. Face aux milliards de dollars engloutis dans cette histoire, on s'imaginait à l'abri, dans nos banques très solides et très éthiques. Jusqu'à ce qu'on comprenne que c'était plus grave que prévu. À force de reconditionner la même viande pourrie de saucisse en saucisse, plus personne ne pouvait donner la composition exacte de nos portefeuilles de titres en circulation. Y avait-il un peu de *subprimes* ? Beaucoup de *subprimes* ? On savait juste que ça commençait à sentir mauvais.

À la rentrée 2007, notre cher président s'est fendu d'une déclaration pompeuse en comité de direction : « Nous sommes tous responsables… » Mais pas coupables ! Un vrai déclic. L'affaire du sang contaminé. Toute cette histoire de *subprimes* ressemblait aux poches de sang non chauffé qui avaient circulé longtemps après qu'on eut découvert qu'elles étaient contaminées. Le tout dans une totale impunité.

Je me suis repassé en boucle l'historique. La vérité, c'est que La Banque risquait bel et bien de se retrouver au cœur d'un nouveau scandale, car c'est nous qui avions imposé la plupart de ces innovations financières en France. Les autres avaient suivi en copiant nos méthodes, mais les cadors, c'était nous !

Et les pourris, aussi. Pourtant, il n'était pas question de stopper cette sublime machine à reconditionner les créances avariées. Elle marchait décidément trop bien. Il y aurait donc des dégâts. Nos clients finiraient par être touchés. À ce moment-là, je pensais encore qu'on finirait par trouver une solution.

Qu'avons-nous fait, depuis, au moins pour les avertir ? Voire pour les protéger ? Rien. Ou plutôt si : en les voyant s'enfoncer, La Banque leur a appuyé bien fort sur la tête.

Sans compter que nous proposions d'autres produits au moins aussi dangereux que les *subprimes* : par exemple, des prêts à taux réduits taillés sur mesure pour les gogos des collectivités locales. L'une de nos cibles de prédilection ? Les municipalités qui cherchaient à débloquer des fonds en urgence pour financer des actions spectaculaires, juste avant des élections. Pour ces clients institutionnels qui ont besoin de sommes importantes sans comprendre grand-chose à notre métier, notre arnaque est toute simple : nos prêts à taux variable sont indexés sur un ratio quelque peu mystérieux entre le dollar et l'euro. Jusque-là, tout va bien. L'euro est au mieux, c'est rassurant. Et puis, l'élément clé, c'est que la collectivité ne commence à rembourser qu'au bout de vingt ans. Allez savoir qui sera aux commandes à ce moment-là ! Ceux qui auront souscrit l'emprunt auront disparu depuis longtemps. Il vaudrait mieux, d'ailleurs ! Parce que les taux d'intérêt de ces prêts à effet « boule de neige » sont calculés de manière cumulative. Indexés sur les taux de change, mais aussi sur les matières premières ou toutes sortes d'indicateurs plus ou moins bidons, ils laissent à nos clients l'illusion d'avoir fait une bonne affaire... en nous offrant la certitude de les raser jusqu'à l'os !

Outre les mairies, nous avions facilement convaincu pas mal d'offices HLM et d'hôpitaux publics de recourir à ces prêts magiques. Comment ? Nous disposions d'atouts décisifs. Le nom de La Banque, d'abord, respectable. Vénérable, même. Le professionnalisme de nos équipes, ensuite, aguerries à entourlouper dignement n'importe quel amateur. La prestigieuse identité de nos premiers clients, qui rassuraient les suivants. Enfin quelques menus avantages accordés aux décideurs de chacun de ces organismes. Que celui qui n'a jamais eu besoin d'un prêt immobilier à titre personnel lève la main ! Dans La Banque, les « gestes commerciaux » – on préférait ce mot-là à celui de corruption, définitivement très laid – faisaient partie du métier. Nous avions ainsi décidé d'assouplir les conditions d'accès aux prêts à taux zéro pour certains de nos très bons clients, en particulier ceux qui appuyaient nos propositions auprès de leurs employeurs. C'était notre liberté. Ils en ont bien profité. En interne, nous avions baptisé ces prêts personnels les POTT, « Prends l'Oseille et Tire-Toi ». Tout un programme.

6

Délit d'initiée

Depuis la veille, je tournais comme un lion en cage dans mon bureau. Je ne pouvais pas faire grand-chose de plus. J'attendais que le piège fonctionne en veillant à ne pas attirer l'attention des deux imbéciles. Si leurs positions venaient à dégringoler dans les jours suivants, ce serait la catastrophe. Je pourrais me retrouver avec une affaire impossible à planquer. Ou à justifier. Le pire ? Je risquerais alors de sauter comme un vulgaire fusible. J'entendais d'ici les propos pontifiants dont le président, toujours sirupeux lorsqu'il s'apprêtait à couper une tête, me gratifierait quand j'irais l'informer : « Mon petit Damien, il y a quand même des raisons pour lesquelles je suis dans ce fauteuil ! » Sous-entendu : vous êtes un naze parvenu par erreur au poste de DG, et j'attends votre premier faux-pas pour vous éjecter.

Cela faisait seulement vingt-quatre heures que j'étais rentré de vacances et je sentais que j'avais déjà besoin de me défouler. De m'éloigner de cet univers feutré où l'on se poignarde en se souriant. Certes, je n'étais pas directement responsable de ce qui serait plus tard qualifié d'incident technique, mais j'étais, j'incarnais la direction générale. J'avais besoin de quelque chose de fort. D'aussi excitant qu'un débouclage de position sur le fil... Mandy !

Une virtuose des relations horizontales. Je l'avais rencontrée à New York, quelques mois après la naissance de ma fille. Elle avait vingt ans, de jolies jambes et une vraie vocation. Drôle et délurée, elle avait sauvé ma libido du naufrage. Et mon mariage avec, certainement. Dix ans qu'Isabelle me faisait la gueule six jours par semaine, comme un mot d'excuse pour éviter de passer à la casserole. Quant au septième…

Treize ans plus tard, Mandy était toujours dans le circuit. Française, elle passait sa vie à l'étranger, là où il faut être. Ses prix étaient délirants. Curieuse, vive et polyglotte, lisant plus souvent le *Financial Times* que *Femme actuelle*, cette fille était un péché. Elle connaissait beaucoup de monde et m'en parlait parfois sans précautions.

Apparemment basée à Londres, Mandy menait sa carrière au gré de son humeur, entre ses clients et quelques soirées de la jet set. Je l'avais contactée par Sms. Coup de chance : elle m'avait immédiatement renvoyé un smiley avec un nom, Annabel's, et un nombre : 12. C'est dans cette boîte mythique de la nuit anglaise qu'elle me donnait rendez-vous avant minuit. Je la rappelai pour confirmer, mais elle abrégea la conversation d'une pirouette :

– Tu connais mon second prénom ? Cendrillon. T'as intérêt à être à l'heure, sinon tu risques de passer la nuit avec une citrouille.

J'adorais cette fille qui maniait l'humour comme les hommes, avec dextérité. Et puis son optimisme était contagieux. Je décommandai quelques rendez-vous. Puis je laissai un message laconique à la maison en invoquant une mission-éclair pour cause de rachat imminent d'une banque censée se trouver au bord de la faillite. Je filai gare du Nord attraper un Eurostar. Pas besoin de réserver de chambre, Mandy s'occuperait de tout.

Il était vingt-trois heures quand un taxi me déposa devant la porte en bois bleue du seul club fréquenté par toute la famille royale. J'avais ma carte de membre sur moi. J'entrai dans ce lieu tamisé et moelleux, aux murs tapissés d'un tissu à rayures assez voyant, kaki, rouge et or. Un serveur vint me chercher au vestiaire. Mandy m'attendait au bar, en pleine discussion avec un homme assez élancé, au teint mat et aux manières suaves. Je crus reconnaître un gestionnaire du Moyen-Orient connu pour l'énormité des sommes qu'il brassait. En m'apercevant, elle me fit un signe de connivence tout en retenant d'un geste son interlocuteur.

« Salut Damien, j'ai failli t'attendre !

– Bonsoir, beauté. Je peux t'embrasser ?

– Sur la joue, mon ange. Tu connais la règle…

– Toujours à Londres ?

– Tu parles ! Je rentre de Washington. Sur les rotules.

– Prometteur…

– Je te présente… Heu, vous vous connaissez ?

– Bonsoir, Talal. On s'est déjà croisés. Vous êtes toujours chez Citigroup ? »

L'homme avait fait mine de s'incliner pour me saluer.

« On s'est vu à Davos en février dernier, je crois. J'ai changé de poste, depuis : vous savez ce que c'est…

– Je vois.

– Stop ! Ici, on ne parle pas boulot ! fit Mandy avec bonne humeur. J'ai une faim de loup ! On mange un morceau ? »

La jeune femme glissa quelques mots au Saoudien tout en m'entraînant vers le restaurant. Elle était resplendissante, comme toujours. Brune, ronde comme un abricot, de jolis yeux roux piquetés d'or, elle avait le chic pour s'habiller d'un rien. Toujours décolletée, jamais vulgaire. Aucun bijou, sinon son diamant fétiche, une larme discrète qui brillait entre ses seins. À son poignet une Reverso en acier dotée d'un second fuseau horaire. Une vraie connaisseuse.

Elle avait réservé dans le restaurant une petite table à l'écart, avec vue plongeante sur la piste de danse. Au menu, du caviar pressé, des pommes vapeur et des blinis. J'ajoutai une carafe de vodka qu'elle refusa d'un geste sec.

« Jamais pendant le service. Je risquerais de m'endormir sur place. Trop crevée.

– Tu as fait la fête ?

– Pas vraiment. Trois vols intercontinentaux en 48 heures. Moins drôle qu'une bonne bringue. Et, en prime, une soirée épouvantable. J'ai poireauté quatre heures dans ma chambre d'hôtel. Toute seule. Moi qui déteste attendre…

– Ça a dû lui coûter cher.

– Il s'en moque. Un cousin de… du type que tu as vu, justement…

– Sacré programme ! »

Mandy éclata de rire tout en posant sa main sur ma cuisse.

« T'as raison. Tu sais quoi ? C'est en comptant les membres de cette dynastie pendant une insomnie que j'ai décidé d'apprendre l'arabe. Figure-toi que le fondateur de l'Arabie Saoudite, Ibn Saoud, a eu quarante-huit fils légitimes et une cinquantaine de filles, tout ça de neuf femmes différentes choisies dans neuf tribus différentes. Un sacré malin, celui-là ! En imaginant que chaque enfant ait eu en moyenne cinq fils, sur deux générations, aujourd'hui il y a un potentiel de plusieurs milliers d'altesses de sexe mâle en âge de forniquer, et tous incroyablement riches. Tu vois ce que je veux dire ?

Cette fille était pleine d'esprit. Elle savait plus de choses que je ne le pensais. J'avais envie d'elle. Il était temps d'accélérer le mouvement.

« On rentre ?

– Laisse-moi une minute, Damien. J'ai quelqu'un à saluer sur le *dance floor*.

– Tu feras ça demain…

– Non, c'est n° 3.

– Qui ça ?

– Harry : n° 3 dans l'ordre de succession au trône d'Angleterre.

– Laisse tomber. Un petit con qui joue avec les croix gammées : tu es au-dessus de ça ! Et puis, j'ai des trucs à te montrer. »

Elle soupira avant de laisser tomber le fils du prince Charles. Je réglai l'addition pendant qu'elle m'attendait au vestiaire. Malgré la douceur de la nuit, mon hétaïre enfila un superbe vison. Devant mon regard ironique, elle se mit à rire :

« C'est ma tenue de travail, tu sais ? Ça éloigne les ploucs. Je ne m'intéresse qu'aux pros. Ceux qui peuvent me dire d'où viennent ces peaux. Et qui sont prêts à me les offrir...

– Je dirais que c'est du Mahogany.

– Femelle... T'as oublié femelle ! Mais c'est pas mal, on ne va pas chipoter. Comment sais-tu ça ? »

Des années d'investissement pour acquérir cette expertise. Quand Isabelle avait voulu un vison, elle s'était lancée dans une véritable enquête digne du juge Van Ruymbeke chez tous les fourreurs de Paris pour être sûre que j'allais lui offrir ce qu'il y avait de mieux. Y aurait-il des points communs entre les putes et les épouses légitimes ?

Un taxi nous attendait sur Berkeley Square. Je me laissai faire, bien décidé à ne plus prendre aucune décision, l'espace de quelques heures. C'est aussi ça que je recherchais en la compagnie de Mandy.

On s'arrêta à Park Lane. Elle avait réservé au Dorchester, comme d'habitude. Un poil désuet, très collet-monté, mais gentiment douillet, cet hôtel de grand luxe avec vue sur Hyde Park me faisait toujours du bien.

Un groom referma la porte de l'ascenseur sur nous. Enfin seuls ! Je l'ai plaquée contre le miroir de la cabine, bien décidé à passer à l'attaque. Elle me rappela à l'ordre. Je n'en pouvais plus.

« On avait dit que je décidais. Alors, tu restes tranquille, baby... »

J'ai gardé un souvenir assez vague de la suite des événements. Une immense chambre, un salon vite oublié, un lit géant à baldaquin avec ses couettes à motifs roses. Les deux salles de bains en marbre de Carrare. Je ne pensais plus à rien, immergé dans une baignoire chaude et profonde, tandis qu'elle prenait les choses en main. J'aimais aussi son côté directif. Un peu plus tard, dans la chaleur du lit, elle est repartie à l'assaut.

« J'ai faim ! Pas toi ?

– Quelle heure est-il ?

– Trois heures du mat'. Tu dors ?

– Figure-toi que j'essaie, en tout cas. Avec toi, pour sûr, ce n'est pas évident. Oh, et puis vas-y, fais ce que tu veux !

– Parfait. Je commande des scones, de la marmelade et du chocolat chaud... On garde les saucisses pour demain matin, non ?

– Bonne idée. »

C'est ainsi qu'a commencé la seconde mi-temps. Entre deux exercices pratiques, on s'est mis à parler. Visiblement, Mandy avait envie de me confier quelque chose. Peut-être voulait-elle y voir plus clair ? Ou essayait-elle d'en savoir plus ? L'hypothèse la plus agréable pour moi était qu'elle souhaitait me donner un coup de main. Attendrissant mais peu plausible. En tout cas, diriger une banque, c'est aussi savoir s'informer sur ce qui se passe sur les marchés. Par tous les moyens, même les plus baroques !

« Hier, il s'est passé un drôle de truc à Washington… »

Elle avait une voix neutre, comme si ce qu'elle allait me dire n'avait pas grande importance. J'ai grommelé quelque chose d'inaudible tout en l'encourageant à poursuivre.

« … Quand mon rendez-vous est arrivé, il était dans tous ses états.

– Il ?

– Je ne sais pas qui c'est. Pas exactement. Tout le monde l'appelle Sultan. Sûrement un prince, comme tous les Saoudiens.

– Un intermédiaire ?

– Non. Beaucoup plus haut… Quelqu'un de la famille royale. Un ancien ambassadeur qui dirige un ministère, là-bas. Un ponte. Comment dire ? C'était comme si je n'étais pas là. D'habitude, il se jette sur moi sans préambule, je dois m'occuper de lui de toute urgence, mais cette fois… Il ne voulait rien faire. Ou il ne pouvait pas… En tout cas, il est resté une bonne heure pendu au téléphone. Il ne voulait même pas que je le touche… À deux heures du mat' !

– Et alors ? Ça t'a vexée ?

– Tu rigoles ! Ça m'a fait des vacances ! Non, sans blague, c'est plutôt les coups de fil qui m'ont étonnée…

– Tu as écouté ?

– Il était en face de moi, je n'aurais pas pu faire autrement. Il parlait en arabe, je ne suis pas sûre d'avoir tout compris…

– Tu parles vraiment arabe ? Moi qui croyais que tu te vantais !

– Fais pas le macho, s'il te plaît. Je le comprends très bien, figure-toi.

– Et il disait quoi, ton prince charmant ?

– Qu'il venait de voir un certain Paulson. Et qu'il fallait tout liquider.

– Paulson ? Tout liquider ?

– Toutes les positions Brothers… Ça te dit quelque chose ?

– Brook Brothers, c'est mes costards. Les Marx Brothers, ça remonte à loin. Big Brother, c'est de la littérature. Je ne vois pas.

– Arrête tes conneries, je te parle fric.

– Lehman Brothers ?

– Voilà, je crois que c'est ça. Il disait que Brothers était dans le collimateur, avec Meryl je-sais-pas-quoi, et puis des assurances. J'ai aussi entendu que c'était fichu, trop pourri, qu'il fallait qu'il y en ait un qui tombe…

– Raconte, c'est plutôt intéressant.

– Eh bien… En fait, je n'en sais pas beaucoup plus. Quand il a raccroché, il m'a demandé ce que je faisais de mon argent ; j'ai pris l'air bête, mais il a insisté, me disant que si j'avais des trucs placés dans des fonds ou n'importe quoi en bourse, il valait mieux que je vende tout.

– Et t'as fait quoi ?

– Ben, j'ai tout vendu ce matin, évidemment ! »

Mandy riait comme si elle venait de me raconter une bonne blague. Je n'ai pas insisté. Ses seins penchés vers moi avaient soudain ravivé mon intérêt. On s'est remis à la tâche. Tout ça, aux frais des actionnaires de la Banque. C'est ça, la meilleure ! J'allais faire quelques notes de restaurant fictives qui passeraient comme une lettre à la poste.

Mandy a filé au petit matin. En prime, je me suis tapé son breakfast. Et ses saucisses grillées.

Ça a commencé à tourner dans ma tête, pendant le retour vers Paris. J'ai listé tout ce qu'elle m'avait dit en le croisant avec ce que je savais déjà. Les États-Unis avaient un besoin vital des Saoudiens : aucun mystère là-dessus. D'abord parce que l'Arabie Saoudite possède le quart des réserves mondiales de pétrole brut. Fin août, c'était encore la flambée des cours du brut. Il fallait plus que jamais leur dérouler le tapis rouge pour qu'ils modèrent les extrémistes de l'OPEP. Ensuite parce que si le roi Abdallah se cassait la figure, c'était la catastrophe : la famille des Saoud détient à titre privé 7 % des actifs américains. De quoi gripper immédiatement tout le système économique. Enfin il y avait une dernière chose, et pas des moindres. Aux États-Unis, le premier semestre 2008 avait été exécrable. En cinq ans, le niveau de la dette avait explosé. Pour se financer, le Trésor émettait des obligations garanties par l'État. Et qui les achetait ? Les Saoudiens ! Juste après les Chinois. Ce financement de plusieurs milliards de dollars par mois était vital. Sans lui, l'Amérique risquait s'effondrer. Aussi simple que ça. Alors, pour Paulson et pour l'administration Bush, commettre un petit délit d'initié était une vétille. Une incartade au nom de la raison d'État.

Soudain conscient qu'une crise se profilait, peut-être Paulson était-il tout simplement en train de l'organiser ? Ça semblait invraisemblable, et pourtant... La tempête se propageait de banque en banque. Avait-il décidé de détacher une plaque neigeuse pour tenter de contrôler l'avalanche qui s'avançait ? C'était un énorme pari.

À cet instant, j'ai entrevu ce qui se passait. Je me suis mis à reconstituer toute l'histoire : Paulson avait dîné avec Sultan, quelques jours auparavant, et lui avait transmis cette information capitale : Lehman allait tomber. Peut-être l'avait-il découragé de faire le moindre geste pour aider Fuld ? Pour le reste, il laissait les Saoud faire bon usage de cette information explosive.

Je somnolais doucement dans l'Eurostar en faisant tourner dans ma tête cette évidence : quelque chose de terrible allait se passer... Mais, bon sang, qu'est-ce que je pouvais bien faire de toutes ces intuitions ?

7

Exécution sommaire

Le lendemain mercredi 27 août, de retour au siège, une bonne nouvelle m'attendait. Le piège avait fonctionné. Les deux traders s'étaient trahis en échangeant des mails explicites. « On fait quoi ? Ça va finir par suinter dans la maison, toutes ces boules », écrivait l'un. « Reste calme, mini-gland. Faut trouver la sortie, et on escape en douceur ! » lui promettait l'autre. J'avais sous les yeux plus d'une quinzaine de courriels du même tonneau. Deux petits gars, surpayés et arrogants, qui, au surplus, imaginaient qu'ils allaient pouvoir embarquer une partie de ces gains astronomiques… Voilà qui étaient vraiment nos polytechniciens. Des polymagiciens de pacotille, forts en maths, certes, mais sans un sou de jugeote. J'étais effaré par la facilité avec laquelle nous allions pouvoir les épingler. Et les virer.

Je les convoquai sur-le-champ. Autant en finir tout de suite.

Celui que je connaissais le mieux, Charles-Henri, entra dans mon bureau le premier. J'abrégeai les compliments d'usage pour entrer dans le vif du sujet. Ce jeune prétentieux essaya de se défendre. Pathétique ! J'étais d'autant plus furieux qu'il m'avait humilié. C'est moi qui l'avais remarqué, à New York.

Si cette histoire filtrait, j'allais passer pour un con. Et ça, c'était un sentiment trop pénible. J'entendais d'ici Numéro 1 qui en rajouterait devant le comité de direction : « Damien doit encore faire ses preuves. Il ne faut pas s'étonner, regardez son parcours… C'est logique. Mais vous allez voir qu'après nous avoir plantés, il va nous demander une prime de fin d'année. » Puis il serait fichu de se tourner vers moi en ajoutant : « Rassurez-nous, ce n'était pas votre intention, n'est-ce pas, Monsieur le directeur général ? »

La vérité était qu'au moment de ma nomination, un an auparavant, Numéro 1 avait un autre poulain. Un énarque aussi suffisant que lui et qui s'était barré au dernier moment à Singapour. J'avais joué les bouche-trous. Mais, depuis, le président de La Banque me faisait payer ce qu'il considérait comme un affront personnel. Mais j'étais coriace. Et si mes titres n'étaient pas aussi ronflants que les siens, j'avais de la mémoire. Un peu trop, même.

En attendant, je me retrouvais avec deux cas sociaux et une faute lourde sur les bras. Il fallait en finir. J'ai haussé le ton en menaçant de porter plainte au pénal. Charles-Henri a compris que je ne plaisantais pas. Ensuite je l'ai cuisiné pendant une bonne heure sur les procédures utilisées pour contourner les systèmes de sécurité. S'il balançait, je stoppais les représailles. Et comme je n'étais pas un mauvais bougre, j'étais même prêt à lui faire une lettre de recommandation à l'intention d'un ami qui dirigeait un *hedge fund* à Londres. Cette petite missive présenterait deux avantages : éviter que ces deux garçons maladroits mais brillants ne se retrouvent, dès le lendemain de leur éjection, embauchés par des concurrents indélicats ; et puis garder un œil sur eux. Ils s'étaient tout de même montrés créatifs : on ne savait jamais ; avec un peu plus d'expérience, on pourrait peut-être les récupérer plus tard et en faire quelque chose. Enfin, pour témoigner de ma bonne volonté, j'ai décidé d'amortir le choc en proposant une petite prime. De quoi payer leur déménagement.

À la lecture du montant, cent mille euros chacun, Charles-Henri a poussé des cris de cochon qu'on égorge. Quel manque de tact ! Il soutenait que La Banque allait encaisser plusieurs centaines de millions d'euros qui fileraient directement dans des caisses noires... Tout de suite les grands mots ! Cet argent servirait simplement à nettoyer d'autres incidents du même genre, voilà tout. Que voulait-il qu'on en fasse, de toute façon ? Qu'on les donne aux Restos du cœur ? La réalité était assez simple : ils avaient dépassé leurs autorisations d'engagement et trompé le système pour arracher des bonus injustifiés. Une grave dérive. Tout ça méritait une sanction. Mais, surtout, ils s'étaient fait prendre. Pas vu, pas pris : c'est la devise des traders, complétée d'une petite chute : vu, viré. Ou plutôt sacrifié, étranglé, dépecé, éviscéré même au nom de la sacro-sainte réputation de La Banque.

Le garçon a fini par comprendre que c'était fichu. Après une dernière tentative pour négocier, il m'a tout balancé comme on se débarrasse d'un mensonge trop pesant. Un vrai môme. Plus il entrait dans les détails de sa méthode pour tromper le système, plus il se redressait. Il semblait presque fier de lui. En fait, les deux complices avaient élaboré un système assez sophistiqué en commençant par inventer de faux clients. Pour ce faire, ils avaient tout simplement forcé notre système informatique, Murex. Pour échapper aux contrôles, ils avaient procédé à des arbitrages entre deux portefeuilles, l'un réel, l'autre fictif. Tous les jours, on contrôlait le vrai portefeuille, comme il se doit, afin de vérifier les appels de marge reçus ou réglés. Chaque contrat de « futures » sur des indices boursiers implique un dépôt, et, chaque soir, après la clôture de la séance, les positions sont examinées par la chambre de compensation qui procède aux appels de marge. Il existe alors plusieurs observateurs potentiels d'une irrégularité : La Banque, bien sûr, mais aussi le compensateur des contrats – dans ce cas, le marché des changes allemand Eurex et sa chambre de compensation. Bien sûr, ce système fonctionne dans un seul sens, comme les mâchoires d'un crocodile. Les alertes se déclenchent en cas de solde négatif, à l'image de ces sympathiques prédateurs dont toute la puissance se résume au fait de refermer leurs mâchoires, broyant tout d'un seul mouvement. En revanche, le crocodile est incapable d'ouvrir sa gueule pour peu qu'on la lui maintienne fermée avec une simple ficelle. En cas de perte, le système Murex abat sa mâchoire sur l'anomalie. Mais si l'erreur fait gagner de l'argent à La Banque, le crocodile ne bouge pas : l'erreur n'a jamais existé.

À un moment donné, Charles-Henri a même commencé à griffonner le schéma des faiblesses de notre système de sécurité. Je ne lui en demandais pas tant, mais c'était bien vu. En gros, depuis que le système Murex était en place, le nombre des transactions quotidiennes avait été multiplié par huit. Le cœur de notre réacteur informatique était saturé. Il avait donc fallu installer des systèmes dérivés pour absorber et protéger toutes les transactions. Chacun d'eux était autonome et opaque. Les deux traders se préparaient à détourner de toutes petites sommes, inférieures au seuil d'alerte, vers un compte interne, ce qui leur aurait permis, en quelques mois, de ramasser le jack-pot ! Un peu comme une minuscule fuite finit par remplir un seau. Question de patience. Et de discrétion…

Je l'ai félicité pour son ingéniosité et son manque de discrétion, tout en lui demandant de me laisser son schéma griffonné en guise d'aveu circonstancié. Je comptais m'en servir pour renforcer notre système de sécurité. Puis il a signé la lettre dans laquelle il s'engageait à ne jamais parler de quoi que ce soit à l'extérieur.

J'avais prévu de recevoir en fin de journée son complice pour le faire plonger avec le même genre d'interrogatoire. Il était peu probable qu'il fût en état de faire mieux que Charles-Henri. En attendant, il fallait changer au plus vite le système de sécurité. Ma secrétaire venait de me prévenir : Étienne était arrivé et m'attendait depuis un petit moment. Il était entré dans mon bureau, la mine piteuse. J'avais décidé de ne pas prendre de gants.

« Vous êtes conscient qu'il faut changer tout le dispositif ?

– Vous rigolez ?

– J'ai l'air ?

– C'est un énorme boulot. Y en a au moins pour six mois !

– Eh bien, on va commencer tout de suite… en changeant tous les codes, par exemple ! »

Le chef du back office a pris un air scandalisé.

« Pour quoi faire ? On n'a jamais eu de problème avec les virements !

– *Tous* les virements ?

– Évidemment ! À quoi ça servirait d'intervertir les destinataires d'un swap de change ou d'une autre transaction, d'ailleurs ? »

À ce moment-là, j'ai pensé qu'Étienne avait, en fait, assez peu d'imagination. Sa réaction m'a paru assez inquiétante. J'ai eu l'intuition que ces changements de code étaient une très bonne idée.

Je l'ai congédié en lui accordant un délai de vingt-quatre heures pour régler le problème. J'attendrais quelques mois avant de le virer. En décembre, peut-être. Pour Noël ?

Le lendemain, j'ai reçu un mail de sa part. Les nouveaux codes avaient été activés. Je le savais déjà. Peu auparavant, visiblement par erreur (la technologie a décidément des limites), j'avais reçu copie d'un courrier récapitulant tous les changements effectués, avec mention des nouveaux codes. À la fin du mail, j'avais buté sur une petite phrase charmante pour moi : « Ce con veut me faire porter le sombrero. Ça ne va pas se passer comme ça ! » Étienne n'avait pas eu besoin de signer. J'avais reconnu son style. J'archivai le message. Au fond, il n'était peut-être pas nécessaire d'attendre Noël...

8

L'aveuglement

Dès le vendredi de mon retour de vacances, une petite surprise m'attendait à l'étage de la direction. Notre génial président, mû par un instinct très sûr, avait décidé de reprendre le collier avec deux jours d'avance. Pas de bol ! En dehors des réunions sans intérêt qu'il me faudrait caler au débotté, l'urgence consistait à protéger le déjeuner que j'avais prévu avec un personnage haut en couleurs de la finance parisienne. Il s'agissait de Patrick Artus, le directeur des études de la banque Natixis, établissement que je jugeais à l'époque très solide malgré les pertes importantes qui venaient d'être annoncées avant l'été. Si son agenda était vide, la curiosité légendaire de Numéro 1 l'inciterait à s'imposer à notre table. Inutile de dire que cette perspective ne m'enchantait guère. En effet, j'entendais profiter pleinement de l'une des rares distractions que m'offrait ma position : écouter d'un air recueilli les prophéties d'Artus, souvent aussi absurdes que péremptoires.

J'étais descendu dans le hall accueillir mon visiteur. Artus m'attendait tranquillement, en conversation avec Numéro 1. Une jeune femme inconnue se tenait en retrait des deux hommes. J'eus l'intuition qu'il s'agissait là du déjeuner de mon président, sans doute plus sportif que calorique…

« Ah, Damien, heureusement que j'étais là pour accueillir votre visiteur !

– Vous savez bien, mon cher Patrick, combien notre président est irremplaçable… »

Numéro 1 se tourna vers moi avec un léger rictus :

« Je vois que vos vacances n'ont pas entamé votre mauvais esprit ! Bon, messieurs, je vous laisse… », lâcha dans la foulée le président en adressant un petit signe affectueux à la jeune femme.

J'étais ravi. Notre déjeuner ne serait pas parasité.

Sitôt entré dans l'ascenseur, l'économiste vedette de Natixis entama son petit jeu habituel :

« Vous traversez magnifiquement la crise, on dirait… »

Ça démarrait fort !

« Vous êtes bien indulgent. Il y a encore un an, vous pensiez sûrement le contraire, mon cher Patrick !

– Mais détrompez-vous ! Quand vous aviez fermé vos trois fonds – de façon provisoire, bien entendu –, le marché avait très bien compris. Et moi-même, chaque fois que j'ai été interrogé là-dessus, je me suis bien gardé de vous critiquer. Au contraire…

– C'est vrai. Et nous avions d'ailleurs beaucoup apprécié votre attitude. »

Artus faisait allusion à une décision spectaculaire prise par La Banque, début août 2007, laquelle avait selon moi joué un rôle – méconnu – dans la déprime naissante des marchés boursiers. Trois de nos fonds spéculatifs, prospères jusque-là, avaient brusquement connu une crise de liquidité. Autrement dit, les investisseurs qui souhaitaient récupérer leur mise étaient plus nombreux que les arrivants. À l'époque, notre directeur financier m'avait envoyé un mail alarmiste, à la fois pour m'informer, ce qui était louable, mais aussi pour se couvrir, ce qui l'était moins. Dans son jargon – qui est aussi le mien, d'ailleurs –, il écrivait : « Demandes de retrait atteignent proportions non envisagées. Rupture possible dès fin de semaine. » Traduction : le cash allait nous manquer. Bien sûr, on aurait pu rembourser tout le monde en se servant de la trésorerie de La Banque. Mais ces fonds étaient des entités comptables distinctes, qui avaient leur vie propre. Problème supplémentaire : certains de leurs actifs s'avéraient impossibles à coter. Alors fallait-il les renflouer sous prétexte que c'était vers eux que nous avions sciemment orienté de nombreux clients ? Juridiquement, nous n'étions pas obligés de le faire. D'ailleurs, nous n'en avions nulle intention. Même si, évidemment, une faillite de ces fonds aurait été du plus mauvais effet. Pour contourner la difficulté, mon président avait pris la chose avec bonne humeur : « Mais ne paniquez pas, mon vieux, on va les fermer un moment, le temps que tout ça se calme. Ça suffira ! »

Ce charabia signifiait qu'on allait suspendre la liquidité. Provisoirement, bien sûr. Nous nous apprêtions tout simplement à geler l'argent de nos idiots de clients en attendant que les cours se redressent. Je me souviens même qu'à l'époque tout le Directoire s'était félicité de cette idée.

Malheureusement, les marchés avaient vite compris que nos super sicav monétaires ne valaient plus grand-chose. Plus rien, même ! La rumeur s'était propagée, et les demandes de retrait s'étaient démultipliées jusqu'à devenir catastrophiques. Pourtant, la suspension de la liquidité de ces fonds était passée comme une lettre à la poste : Bercy, de même que l'AMF, l'autorité des marchés financiers, avaient tout gobé. Alors qu'interrompre les transactions, bloquer la fluidité du marché, c'est quand même le crime absolu en régime capitalisme ! Le signe de la peur. De la panique, même ! Les concurrents, les médias, les autorités, tout le monde était censé nous observer. Et puis ? Rien. Miraculeusement, notre incroyable décision était passée quasi inaperçue. Bien sûr, il y avait eu des papiers anodins pour s'étonner, quelques-uns pour nous sermonner en termes vagues, mais personne, au fond, n'y avait rien compris. Un quotidien avait même parlé d'une « décision habile » dans le climat hystérique du moment. Habile… C'était beaucoup dire ! Je me rappelais le commentaire de Numéro 1, toujours très content de lui dès qu'il a fait une connerie : « Vous voyez, Damien, il suffit de garder son sang-froid, et les marchés reviennent à la raison dès qu'ils sentent qu'on ne flanchera pas. »

Hélas, deux mois plus tard, au moment de la réouverture de ces fonds, il y avait eu un vent de panique. Après avoir hésité, on avait décidé de faire un « geste commercial », comme disent les chefs d'agence : indemniser nos clients ! Oh, pas d'inquiétude : pas tous, juste les plus gros, et pas complètement. Ça nous avait quand même coûté la bagatelle de près de deux milliards. Un chiffre tabou qu'on n'a jamais reconnu. D'autant moins que, depuis lors, on a fermé définitivement deux de ces trois fonds.

Après avoir commandé les entrées, bien installé dans la salle à manger de la direction, j'ai eu envie de tester le joyeux drille de Natixis sur l'un de mes nouveaux sujets de prédilection :

« Vous avez vu ? Lehman a encore un excellent *rating*. Standard & Poor's et Moody's maintiennent leur AA +.

– Ah oui ? Ça ne m'étonne pas du tout. On raconte vraiment n'importe quoi sur eux, en ce moment. Richard Fuld est un grand banquier, c'est évident. »

En écoutant cet expert, aussi péremptoire que volubile, le dossier que mon assistante m'avait fait passer sur lui me revenait en mémoire. Dans une chemise figurait un extrait de *La Lettre de Natixis* datée du 22 mars 2007, dont mon invité supervisait le contenu. Que disait-il, ce gourou très écouté ? Qu'il ne croyait pas une seconde à cette crise de liquidité qu'on évoquait sur les marchés. Autre idiotie, selon lui : une possible récession aux États-Unis. La bonne blague ! Et, cerise sur le gâteau, il contestait l'idée que « la crise du crédit immobilier *subprime* aux États-Unis puisse déclencher une crise bancaire et financière ». Les gens sont-ils bêtas.

Le festival a continué au même rythme jusqu'au dessert. Artus était déchaîné : certes, les perspectives économiques étaient « incertaines », et la situation des bourses, « volatile ». Quant aux opérateurs, il les trouvait « traumatisés par la séquence baissière ». Mais le bout du tunnel approchait, ça crevait les yeux. D'ailleurs, les profits des grandes entreprises restaient « bien orientés », et les gouvernements allaient « injecter du pouvoir d'achat » pour faciliter la reprise.

Le pire, c'est que ces prévisions extravagantes me parurent à ce moment-là presque sensées.

9

Une occasion en or

Je venais de raccompagner mon visiteur jusqu'à l'ascenseur. Mon timing était serré. En cette fin août, un événement d'importance exigeait ma présence le soir même à Deauville. La célèbre vente des yearlings, ces poulains d'exception issus des plus hautes lignées de pur-sang, était l'occasion, pour notre responsable du département gestion de fortune, d'aller chaque année à la pêche au gros pendant les deux jours d'enchères. J'avais rendez-vous à 18 h 30 pour faire le point sur ses démarches de prospection. Suivrait un dîner de gala au cours duquel je servirais d'appât aux fins d'essayer de conclure une importante affaire.

J'étais assez content de cette petite cellule de choc que j'avais imaginée cinq ans auparavant. Formée de trois éléments sélectionnés pour leurs bonnes manières, leur carnet d'adresses ou leur particule, cette équipe écumait les hauts lieux de transhumance des milliardaires du monde entier : le Bal de la rose à Monaco, le Salon international des antiquaires à Maastricht, la Foire d'art contemporain de Bâle, ou le réveillon du Nouvel An à Gstaad étaient autant d'occasions pour nous d'approcher ces clients potentiels, souvent inaccessibles.

Je devais encore passer quelques coups de fil avant de m'éclipser. Mon objectif ? Partir assez tôt pour éviter les bouchons de fin de journée sur l'autoroute de Normandie.

« Je vous dérange ? »

Le président venait d'apparaître dans l'encadrement de la porte de mon bureau. À chaque fois qu'il avait quelque chose de délicat à annoncer, il caressait sa calvitie d'un air inspiré. Son bronzage lui allait bien. À 62 ans, il ne faisait pas son âge.

« J'allais partir, mais entrez, je vous en prie.

– À cette heure-là ?

– Je file sur Deauville. Les yearlings, vous vous souvenez ?

– Je vois, je vois. Vos petites fantaisies… Je voulais juste vous dire un mot d'un dossier encore très confidentiel à ce stade… »

Je hochai la tête, sans commentaire. J'étais habitué à ces précautions oratoires entourant la conversation la plus anodine.

« Un ami m'a mis sur une piste intéressante.

Là, il me fallait savoir sur quel registre nous étions.

– Un… ami ?

– Oui, enfin… Quelqu'un de proche. Le vice-président d'un grand établissement américain.

– Mais encore ?

– C'est assez délicat… Bon, vous avez compris, marmonna-t-il, brusquement contrarié. Je veux parler de Citigroup.

– Ils ont connu des jours meilleurs !

– Écoutez, mon vieux, quand vous aurez construit une banque comme celle-là, vous pourrez faire de l'esprit. Quoi qu'il en soit, je les ai vus la semaine dernière à Paris, et à un moment donné, on a parlé de l'Europe de l'Est.

– Je vois.

– Bref, il a été question de l'Ukraine. Figurez-vous que la troisième banque du pays est à vendre. Une occasion en or ! Il y a un énorme potentiel, dans ces anciens protectorats communistes. Ces pays sont beaucoup plus dynamiques que nous, et là-bas, tout reste à inventer.

– Certes. Mais je ne…

– Citigroup a décidé de se recentrer sur les États-Unis. Ils sont prêts à vendre certaines de leurs participations à condition que ça se fasse rapidement.

– Si je me souviens bien, vous vous étiez félicité, lors de notre dernier séminaire, de ne pas avoir investi dans ces pays-là.

– C'était l'an dernier. Depuis, il y a eu quelques changements à l'Est… Vous avez peut-être remarqué ?

– On parle d'un investissement de quel ordre ? »

Le président s'est levé. Au bout de quelques secondes, il a fait mine de partir, puis s'est retourné vers moi en franchissant le seuil.

« Oh, rien d'extraordinaire. Peut-être deux milliards, deux milliards et demi…

– Pour ?

– 23 % du capital.

– Ça nous fait une valorisation à huit milliards d'euros minimum. Pour un établissement qui n'est pas leader dans un pays en mauvais état et très endetté ? Dans ce contexte, c'est quand même une somme non négligeable !

– Écoutez, Damien, regardez les chiffres et présentez-moi un dossier complet pour fin septembre. On en reparlera à ce moment-là.

– Dites-moi juste pour mon information, dis-je en songeant que j'allais finir par être en retard : vous avez signé quelque chose ?

– Rien du tout. Et, même si je l'avais fait, je ne vois pas où serait le problème ! »

J'allais prendre mon temps pour approfondir ce dossier vaseux. C'était évidemment une très mauvaise idée d'investir à ce moment-là en Ukraine. La crise larvée entre le président de ce pays et sa chef de gouvernement plombait l'économie du pays. Les perspectives d'inflation pour 2008 dépassaient les 20 %, et je savais que le FMI avait été sollicité pour un prêt de plus de seize milliards. Décidément, le président marchait sur la tête ! À moins que… Un « geste commercial », comme on dit chez nous, accompagnerait-il ce deal ?

10

L'hameçon

Tout s'était bien passé. J'étais presque à l'heure, et Pierre-Jean, le directeur de notre département Gestion de fortune, m'attendait, bien installé sur une banquette de moleskine rouge, Chez Miocque, le restaurant des *happy-few* à Deauville. Ce grand échalas arborait un splendide costume pied-de-poule noir et blanc qu'il portait avec une curieuse chemise rose et une paire de Weston marron glacé. Il m'accueillit joyeusement.

« Vous prenez un mojito, Damien ? J'ai commencé sans vous.

– Vous avez bien fait. Alors, on en est où ?

– C'était une bonne journée. Les enchères sont montées à 770 000 euros pour un futur krach absolument somptueux.

– Et nos prestigieux amis, ils sont tous venus ?

– Presque tous. D'ailleurs, il y avait une invitée de marque : Samantha, ça vous rappelle quelque chose ?

– Bien sûr. L'intermédiaire de luxe qui fricote avec le clan Maktoub, de Dubaï.

– Eh bien, visiblement, cette dame n'est pas là pour compléter son élevage. Vous saviez qu'elle aimait les chevaux de course ?

– Non. D'ailleurs, je n'y connais pas grand-chose.

– Je l'ai vue aujourd'hui, elle n'a pas quitté d'une semelle un mec de la Barclays. Il me semble avoir reconnu l'un des vice-présidents.

– Vous en pensez quoi ?

– Certains disent qu'un deal se prépare. »

Cela pouvait vouloir dire que les Anglais se trouvaient dans une passe délicate. Et qu'ils entendaient s'en sortir sans l'aide de leur gouvernement. Façon expéditive de préserver en même temps leur indépendance… et leurs bonus ! Il pourrait être intéressant de travailler avec ce genre d'intermédiaire. Il faudrait que je m'en occupe. Personnellement…

« Serait-il possible que vous me la présentiez ?

– Pourquoi pas ? Venez à Londres, on essaiera d'aller déjeuner dans son restaurant, à côté des haras de Newmarket. Elle y est souvent. »

Hervé Morin venait de faire son entrée dans l'établissement. Pierre-Jean se pencha vers moi avec une mine de conspirateur.

« Il vient d'acheter une jambe.

– Pardon ?

– Il a participé avec des amis aux enchères, cet après-midi. Ils ont remporté un joli pur-sang qu'ils vont se partager à quatre ou cinq. Il lui restera une jambe ! »

Le ministre de la Défense alla rejoindre un groupe bruyant qui fêtait apparemment l'événement. Il était temps d'en finir avec l'ordre du jour :

« Alors, ça a donné quoi, avec Édouard de Rothschild ?

– Écoutez, j'ai vraiment l'impression qu'on peut tenter quelque chose. Depuis qu'il a quitté la banque familiale, c'est un portefeuille à prendre.

– C'est-à-dire ?

– On ne sait pas exactement ce qu'il s'est passé entre lui et son demi-frère David, mais il paraît qu'il y a un peu de tension entre eux deux. Évidemment, l'achat de *Libération* n'a pas arrangé les choses.

– C'est vrai que, maintenant, ce n'est plus un banquier, mais un grand manitou des médias !

– Vous pouvez faire de l'humour, Damien, mais, vu le montant de sa fortune personnelle, j'aimerais bien le faire venir dans notre écurie.

– On parle de combien ?

– Même avec ce qu'il perd tous les jours à cause de son journal, on estime qu'avec son frère il possède plus de trois cent millions d'euros. »

Ça faisait deux ans que nous avions Édouard de Rothschild en ligne de mire. Pierre-Jean, grand spécialiste à La Banque des canassons et des fortunes qui vont avec, avait réussi, au cours d'une soirée organisée par *France-Galop*, à approcher l'héritier, par ailleurs président de cette association. Très bien fréquentée, celle-ci organise les principales courses hippiques et gère six grands hippodromes en France, parmi lesquels Deauville. Ce fringant quinquagénaire, cavalier de niveau international et spécialiste du saut d'obstacles, se protégeait beaucoup des profiteurs dans notre genre. Pourtant, Pierre-Jean avait réussi à l'intéresser en lui donnant le sentiment qu'il se passionnait lui aussi pour son écurie et ses couleurs, « casaque jaune, toque bleue », inversées par rapport à celles de son père.

Après ces longs travaux d'approche, il était temps de conclure. Et c'est là que je devais intervenir.

Notre gestionnaire de fortune s'était arrangé pour nous faire inviter à la soirée de clôture des enchères annuelles de yearlings qui allait se tenir le soir même au manoir de Meautry, fief normand d'Édouard de Rothschild.

Il faudrait jouer serré pour décrocher un vrai mandat de gestion. Je réfléchissais aux thèmes que j'allais pouvoir développer dans la brève conversation que j'aurais avec lui, si tout se passait bien : New York, son MBA local, sa délicieuse épouse, Arielle, qu'Isabelle croisait de temps en temps au Ritz Health Club, ses heures de gloire dans la banque familiale, la difficulté de gérer soi-même une fortune quand on possède un peu d'argent…

L'objectif était de faire entrer chez nous cette branche de la fameuse dynastie. On se contenterait même d'une toute petite partie de son patrimoine.

Cette prise serait pour nous un joli trophée, mais aussi un bon moyen de clouer le bec au président, et, accessoirement, un sacré produit d'appel. Pour rameuter les gogos…

11

The Banker

Cette semaine-là, j'avais enchaîné les festivités. Deauville et ses milliardaires s'étaient soldés par un échec en demi-teinte : Édouard de Rothschild m'avait à peine adressé la parole, mais cette soirée-là nous avait permis d'identifier d'autres cibles tout aussi fortunées, que Pierre-Jean avait désormais dans son collimateur. Pour finir en beauté, je partis ce week-end-là pour Londres, participer à la dernière grande fête de la mondialisation heureuse. Que du bonheur ! Une capitale enchantée, le paradis des spéculateurs depuis deux décennies... La City, c'était l'endroit par excellence où l'on pouvait se faire de l'argent en Europe. Beaucoup d'argent. De fait, Londres était le dernier paradis fiscal toléré. En Suisse, la justice avait fini par coopérer. D'ailleurs, à La Banque, nous suivions de très près le destin des commissions rogatoires qui se multipliaient dans toute l'Europe et renforçaient dangereusement l'entraide judiciaire entre États européens.

L'Angleterre est une île, on l'oublie souvent. Là-bas, les demandes des justices française ou italienne sont souvent mal accueillies. Pareil pour le fisc. L'administration britannique est assez susceptible, elle voit de l'ingérence partout. Du coup, elle se contente d'accuser réception des courriers, puis c'est le silence. Pour longtemps. Ensuite, plus personne n'ose en parler pour ne pas perdre la face. Finalement, l'un des lieux britanniques où la coopération internationale fonctionne le mieux, avec un service irréprochable, reste Annabel's : dans ce petit cocon des nuits anglaises haut de gamme, le fait d'être français n'est pas forcément un handicap.

Ce soir-là, tout s'est passé au Dorchester, l'hôtel de luxe où j'avais par ailleurs l'habitude de retrouver Mandy. Comme tous les ans, un magazine anglais très distingué, *The Banker*, y décernait ses récompenses aux financiers les plus méritants. En rejoignant les salons de ce vénérable établissement en lisière de Hyde Park, je songeai qu'il n'y avait pas forcément matière à autocélébration, ce soir-là. On se congratulait, des banquiers du monde entier se palpaient comme pour s'assurer que les bonus allaient perdurer. C'était un spectacle touchant, mais grotesque.

Au milieu du dîner servi aux chandelles dans l'immense salle de réception de l'hôtel, le directeur du mensuel financier monta à la tribune pour prononcer un discours de circonstance d'où il ressortait que la profession s'était comportée avec une grande intégrité, ces derniers mois, et faisait face à ses responsabilités avec un courage hors pair. Je me pinçais en me demandant ce que je faisais là.

La litanie des médailles avait commencé avant même le rôti de bœuf sauce menthe : prix du *hedge fund* le plus *successfull*, prix de l'établissement le plus rentable, prix du meilleur cours de bourse... Il n'y manquait que le prix de bonne camaraderie ! Et voilà qu'on félicitait maintenant la Générale pour sa filiale russe. C'était sans aucun doute le prix de l'humour noir. Vint ensuite le tour de la filiale arménienne du Crédit Agricole : nouveau gag ! Quant à La Banque, toujours au sommet, elle avait finalement récolté quatre prix, dont celui de l'innovation financière. La haute finance marchait sur la tête, voilà la vérité. Je le savais. Et pourtant, cette euphorie semblait devoir durer éternellement.

Au fond, c'était le grand prix de l'arnaque que *The Banker* aurait dû décerner ce soir-là. Les candidats n'auraient pas manqué. En s'inspirant du ski, on aurait pu attribuer la troisième étoile, voire le chamois d'or de la titrisation : combien de petits actionnaires embarqués dans ce voyage sans retour – en tout cas pour leurs économies ? Qu'avaient-ils acheté sans le savoir ? Des créances pourries consistant en tranches de dettes contractées par des ménages mexicains vivant aux États-Unis qui avaient emprunté jusqu'à 130 % de la valeur de leur maison, de surcroît à des taux variables ! L'immobilier baissait, les taux montaient brusquement, les malheureux ne pouvaient plus rembourser, et on saisissait leur jolie bicoque. Pas de risques ? C'est ce qu'on croyait, à l'époque. Et puis les prix des maisons avaient encore baissé. Les clients avaient renoncé à leurs emprunts, et les banques avaient fini par être toutes contaminées.

Mon voisin de droite a interrompu ma méditation. C'était l'un des directeurs de HSBC Londres que j'avais souvent croisé au fil de ces dernières années.

Il tentait de me convaincre depuis le début du dîner que la reprise était imminente : « Tu sais, il suffira de dynamiser un peu plus nos SICAV, ils n'y verront que du feu ! » J'eus un sourire navré devant ses certitudes. À ce moment-là, j'avais déjà compris : ce qualificatif de « dynamique » qu'on avait tous accolés à nos braves SICAV monétaires, placement en théorie le plus pépère, recouvrait désormais un bon paquet de ces emprunts pourris qui circulaient à travers le monde ! Et la veuve de Carpentras ou l'employé du Mans qui, les yeux fermés, s'acharnaient à mettre leurs économies dans ces bas de laine troués ! Au fond, La Banque aurait, elle aussi, mérité un prix de la fourberie pour avoir égaré tant d'épargnants confiants.

Et puis, tant qu'on y était, on aurait aussi pu attribuer des Awards aux établissements qui avaient bourré les comptes de leurs clients d'actions déglinguées, comme Dexia. Cette bande-là avait déjà obtenu, depuis le début de l'année, 5 milliards d'euros généreusement versés par l'État français pour lui épargner la faillite. Pour 7,3 milliards de chiffre d'affaires : 70 % de quasi-subventions par rapport au chiffre d'affaires, un record mondial !

La dernière récompense qu'on aurait pu décerner, c'était le prix de la malhonnêteté intellectuelle. La course aurait été serrée. Depuis vingt ans, nous réclamions à cor et à cri plus de liberté, plus d'indépendance, plus de marché, et moins de réglementation, moins de bureaucratie, moins d'impôts ! Le plus drôle, c'est qu'on l'avait obtenu ! D'abord de la part des socialistes, les Fabius, les Strauss-Kahn, les Bérégovoy, les Delors, qui, après leur crise de démence de l'été 1981, étaient revenus à de bien meilleurs sentiments. Merci à vous, cadors du PS, les banquiers vous doivent beaucoup ! Mais attention, la droite s'était montrée tout aussi bienveillante. Après l'élection de Chirac à la présidence, la tutelle de la Banque de France était devenue quasi inexistante. Quant à son bras armé, la Commission bancaire, elle s'est fait oublier pendant toute une décennie. Pas une enquête musclée, pas une admonestation publique, pas un rapport : ses petits fonctionnaires ont été plus que parfaits !

Le dessert venait d'être servi. J'en avais assez de cette soirée d'autocongratulations dans une ambiance ostentatoire de fin de règne. Je me suis éclipsé en expliquant que je devais prendre l'avion très tôt, le lendemain, pour rejoindre Budapest. La vérité est que le dessert, je l'aurais bien pris dans ma chambre. Un dessert en déshabillé de soie… Mais Mandy n'était pas à Londres. Partie en vadrouille à New York, je présume. Cette fille me manquait un peu plus que je n'aurais voulu. Ça commençait même à m'agacer.

12

Lunch à Budapest

Henry Kravis dirige une des boîtes noires du capitalisme mondial, un gigantesque *hedge fund*, KKR, réputé pour ses performances autant que pour son opacité. Autrement dit, il s'agit d'un fonds d'investissement qui, chaque fois qu'il le peut, achète au plus bas et revend au plus haut. Ça a l'air simple, mais ça ne l'est pas du tout : gagner autant d'argent aussi vite est plus qu'un métier, une vocation, presque un sacerdoce. Ce petit homme d'apparence anodine est un mythe dans la haute finance, ne serait-ce que parce qu'il pèse trois milliards d'euros.

C'est avec lui que j'avais rendez-vous à Budapest. Nous nous étions donné rendez-vous « pour le lunch », comme dit Henry, dans son restaurant favori, le *Four Seasons*. Le président de La Banque m'avait délégué là-bas pour étudier le rachat de Raiffeisen, l'une des plus grandes banques autrichiennes, très implantée dans les pays de l'Est, mais qui commençait à donner des signes de faiblesse.

« Ça va mal, vous savez… »

Ce sexagénaire trapu à la mâchoire de pitbull massacrait le français avec un accent texan à couper à la hache. Il m'aimait bien, parce que, quelques années plus tôt, j'avais convaincu le comité exécutif de La Banque de jouer à 50/50 avec KKR dans une opération un peu tordue. Si je me souviens bien, il s'agissait de racheter un bloc d'actions de Legrand, le fabricant d'appareils électriques de Limoges. Mes origines limousines m'avaient incité à tout arranger pour que le deal se fasse dans de bonnes conditions. On avait d'ailleurs rapidement soldé l'affaire en revendant le bloc d'actions… et en encaissant au passage 200 millions d'euros. L'histoire avait fait un peu de bruit, mais j'avais réussi à ne pas apparaître dans la presse pour éviter quelques ennuis à mes parents. Cette petite opération plutôt réussie avait contribué à créer une bonne amitié entre Henry et moi.

On était le lundi 1er septembre. En écoutant Kravis, les confidences troublantes de Mandy me revenaient en mémoire. Ma chasseuse de traders, qui savait encaisser au passage sa part des bonus, semblait connectée au vrai pouvoir : celui des pétrodollars et donc des Saoudiens, ses meilleurs clients. Se pouvait-il vraiment que le secrétaire au Trésor américain eût franchi la ligne jaune en annonçant à un prince saoudien le lâchage de Lehman Brothers ? Ce Sultan ne semblait pas le premier venu, mais tout ça semblait quand même énorme. L'expérience m'avait appris à me méfier de ces invraisemblances de façade. Qui aurait parié sur un bédouin envoyant deux avions de ligne anéantir les tours jumelles du World Trade Center, un 11 septembre ? Personne.

Kravis était en train de me parler.

« Vous êtes au courant, pour Lehman ? »

Encore ! Mais qu'est-ce qu'ils avaient tous, avec cette banque ? On aurait dit que le monde tournait autour d'elle ! J'ai cru qu'il faisait allusion à l'histoire de Mandy. Du coup, j'ai eu envie de paraître informé.

« Vous parlez du prince arabe ? » ai-je dit d'un air entendu.

Kravis m'a regardé avec des yeux ronds.

« Quel prince arabe ? Mais non, je parle de la banque de ce gros tas de Fuld. Il y a encore une semaine, il expliquait à tous les journalistes qu'il croisait que Lehman n'avait aucun, mais alors *aucun* problème de liquidités ! Et puis j'ai eu aussi au téléphone le *chief of finance* de Lehman qui m'a certifié que toutes les rumeurs répandues sur eux venaient de Goldman. C'est comme ça que nous, chez KKR, on s'est retrouvés collés avec du papier pourri à hauteur de 120 millions de dollars, et…

– On est tous au courant que vous êtes collés ; vous êtes d'ailleurs en bonne compagnie…

– Mais, Damien… je ne parle pas de ça ! C'est un détail, on prendra notre part de pertes, ce n'est pas dramatique. Non, ce qui est grave… »

Quoique portant son âge – son visage, traversé de rides profondes, en témoignait –, Kravis dégageait une impression de puissance. C'était un bonhomme pas vraiment sympathique, assez rapace, mais duquel émanait un mélange d'énergie vitale, d'intelligence terrible et de fluide magnétique… Le tout doublé d'une brutalité à peine voilée. De quoi se faire respecter dans l'univers baroque de la haute finance mondialisée. Lorsqu'il souriait, on aurait dit un boa prêt à ingurgiter sa proie.

« Ce sont les Suisses, Damien : voilà le vrai problème… »

Une ombre a traversé son regard, entre lassitude et inquiétude.

« Eh bien ? »

Son air abattu commençait à m'alarmer.

« Ils les ont lâchés ! »

Les mots étaient là, en vrac, mais je me refusais encore à comprendre.

« Vous ne voulez pas dire…

– Si, exactement. Paulson a appelé Pascal Couchepin, le président…

– … de la Confédération ?

– … Oui. Et il lui a dit qu'ils voulaient les comptes numérotés des six patrons de Lehman, dans les vingt-quatre heures. Il venait d'avoir au téléphone le président de l'Association des banquiers privés, à qui il avait tenu le même discours…

– … de menaces ?

– Je crois qu'on peut dire les choses comme ça ! Paulson lui a dit : Écoutez, je n'aime pas ce que je suis en train de faire, j'ai moi-même dirigé Goldman Sachs pendant huit ans, mais là, je n'ai pas le choix. Sinon, je saute… Ce qui n'a d'ailleurs aucune importance, mais alors la crise se transformerait en un désastre que vous n'imaginez même pas !

– Et l'autre ?

– Il écoutait : qu'est-ce que vous voulez répondre à un géant qui pèse un milliard de dollars à titre personnel et qui est secrétaire au Trésor du gouvernement des États-Unis ? Paulson a continué en disant au président suisse : c'est simple, si vous ne levez pas le secret bancaire dans ce cas précis, on fait passer dans la semaine au Congrès une loi d'urgence qui

interdira pendant six mois toute transaction financière entre la Suisse et les USA. Vous voyez le
tableau ?

– Mais, chez eux, violer le secret bancaire est
quasiment un crime ! En plus, sur ordre du gouvernement ! Et pour six personnes d'un coup ? Impossible !

– Oui. Mais c'est exactement ce qui s'est passé.
C'était il y a quatre jours, et comme leur principale
banque a déjà perdu 40 milliards de francs suisses et
qu'elle est au bord de la faillite… il leur était difficile
de ne pas collaborer…

– Mais c'est… la première fois ? »

Kravis se redressa, piqué à vif.

« À ma connaissance, oui, et fort heureusement.
Mais c'est une fois de trop !

– Et alors ?

– Eh bien, le ministre suisse et le type qui dirige
l'Association des banquiers privés sont partis à la
pêche. Genève n'est pas une si grande ville ! Ils ont
ensuite pris les nazes de l'UBS par les couilles et ils
se sont fait tamponner en beauté ! Et ils n'ont pas
traîné pour balancer les comptes des patrons de Lehman au gouvernement américain, rien que ça ! Et on
ose encore dire que la Suisse est un paradis fiscal !
Tout ça serait comique si ça n'était pas juste catastrophique. Au fond, Damien, personne ne nous croirait,
si on racontait ça un jour : pourtant, c'est ça, la
vérité… »

Je réfléchissais à ce que venait de me révéler
Kravis. Ce n'était pas n'importe qui. La nouvelle

avait de fortes chances d'être authentique. Mon cerveau s'est mis en alerte rouge. En tant que responsable de la zone Europe, la Suisse appartenait à mon territoire. Qui pouvait garantir que notre filiale GBN Asset Management pouvait encore se défendre ? J'avais moi-même organisé l'exfiltration de France d'un certain nombre d'exilés fiscaux : étaient-ils toujours en sécurité ? Notre directeur de filiale m'informait-il des pressions qu'il subissait ? Serait-il assez motivé pour résister ? Certains clients étaient par ailleurs des proches, je n'avais pas le droit de les laisser tomber. Si le fisc français découvrait l'existence de leurs comptes, l'amende pouvait atteindre 80 % des sommes identifiées. Même le cartel de Medellin ne prélevait pas des sommes aussi extravagantes ! Et si le gouvernement français se mettait à adopter ces méthodes de voyous, où allions-nous ? Comment étais-je censé réagir à tout ça ?

Une plaisanterie me revint à l'esprit. Comment avoir une petite fortune ? Réponse : en avoir une grande et la confier à un banquier suisse ! La mer, en tout cas, devenait mauvaise. Il devenait urgent de faire le point sur notre situation. Une seule certitude : la perspective d'un krach n'était soudain plus aussi absurde qu'il y paraissait.

« À quoi pensez-vous, Damien ? »

De lointains souvenirs me revenaient en mémoire.

« Vous savez, Henry, on a eu un grand ministre qui a servi tous les régimes, de la monarchie absolutiste aux partisans de la Terreur, c'était Talleyrand…

– J'en ai entendu parler. »

Je réprimai un sourire.

« Eh bien, il a dit un jour : "Quiconque n'a pas connu l'Ancien Régime ne sait pas ce qu'est la douceur de vivre." Mon cher Henry, je crois que depuis vingt ans, nous avons nous aussi connu la douceur de vivre dans la finance et...

Je laissai ma phrase en suspens.

– Et... ?

– Et maintenant... il faut d'abord penser à sauver notre peau ! »

13

Retour aux fondamentaux

Vingt ans de croissance et de bonus nous avaient en fin de compte ôté tout discernement. Depuis des mois, chaque fois que j'essayais de freiner nos projets délirants, j'avais le sentiment d'être le rabat-joie de service, le comptable qui la joue petit bras dans la cour des grands. J'avais aussi l'impression d'être le copilote d'un avion dont le poste de commande ne répondait plus. Quant au pilote, complètement défoncé, il était hors d'état de faire atterrir l'appareil !

Nous avions changé de métier, mais sans en informer personne. Ni les ministres, ni nos clients. On avait laissé la boutique ouverte et la vente continuait, alors qu'en réalité on allait tout claquer au casino voisin. À chaque perte on doublait la mise. On était toujours convaincu qu'on allait se refaire. Retarder le moment d'arrêter les comptes devenait notre obsession. La règle était toujours la même : repousser l'heure de vérité à l'année suivante, puisque les règles d'amortissement et de provisions nous y autorisaient. Des traders de moins de trente ans misaient en fonction de modèles mathématiques auxquels ni le président ni moi-même ne comprenions rien. Bien sûr, le responsable de la division des produits dérivés prenait la peine de nous rassurer à chaque réunion. À toutes ces opérations risquées s'ajoutait une frénésie d'acquisitions en tout genre, comme si le cash dont nous disposions nous brûlait les doigts. D'ailleurs, au fond, c'est ce qui se passait : on investissait à tours de bras comme pour se débarrasser d'une trésorerie pléthorique. On achetait des avenues, des tours, des hôtels, des avions… Ensuite on restaurait le tout à grands frais, et on remettait l'ensemble sur le marché. Un an après, ces judicieux investissements se révélaient finalement désastreux. Pas grave : on passerait cette année une provision. Le marché allait évidemment se redresser !

La perle, c'était notre banque d'affaires. On avait procédé aux mariages les plus baroques : distribution et chaîne de télé, sidérurgie et emballage, luxe et canapés Roche-Bobois, hôtellerie et chaussures cloutées en diamants, on avait tout fait. Les commissions sur ces deals atteignaient des sommes astronomiques. Trente millions d'euros, parfois quatre-vingts quand on arrivait à compliquer suffisamment le problème pour justifier d'interminables rapports et de multiples tours du monde. Mais, depuis début 2008, les pigeons se réveillaient. Ils renâclaient, discutaient, ergotaient sans fin. Les beaux mariages se faisaient de plus en plus rares.

Pour sauver notre résultat, ne restait finalement que notre métier de base : nos clients les plus modestes, tous ces braves gens qui tiraient le diable par la queue. C'étaient eux qu'on assommait. Les marges sur nos encours de crédit allaient d'ailleurs progresser de 20 à 21 %, cette année. Que ce fussent les crédits à la consommation, les prêts-relais ou les découverts, toutes ces niches étaient incroyablement

rentables, malgré ce qu'en disait notre discours officiel. Les crédits immobiliers se révélaient, eux aussi,
très satisfaisants, avec une marge de l'ordre de
16 %, ce qui n'était pas si mal. Toutes nos divisions
allaient perdre de l'argent, exceptée la banque de
détail, justement, comme on l'appelait dans notre
jargon. En ce domaine, nous avions quelques idées
pour améliorer encore l'ordinaire. En multipliant les
propositions à la clientèle, on avait réussi à faire
exploser les frais bancaires : virements, chèques de
banque, retraits, ouvertures de comptes, remise de
cartes de crédit, consultation de compte sur le net,
tout justifiait un prélèvement d'apparence anodine.
L'ensemble représentait à la fin plus de la moitié de
notre bénéfice annuel !

Où étaient les sanctions ? Devions-nous rendre des
comptes ? Et à qui, d'ailleurs ? À nos conseils d'administration ? Plaisanterie ! À l'État ? Une mascarade !
Les « camarades » de l'inspection des Finances ne
nous gênaient pas, c'est le moins qu'on puisse dire.
Aux médias ? Ils ne se posaient pas beaucoup de
questions et prenaient nos communiqués les plus
effrontés pour argent comptant. Les banquiers du
monde entier étaient en train de réaliser en toute
impunité le casse du siècle. Et qui avait essayé de les
– de nous – arrêter ? Personne !

De Paris à New York, une bande avait accumulé
des fortunes invraisemblables. Richard Fuld, le boss
de Lehman ? Je savais par Henry Kravis qu'il vivait
comme un moderne Roi-Soleil. Lehman disposait de
six jets privés qui valaient quelque cent soixante-
quatre millions de dollars, de sept autres avions – dont

un Boeing 767 ! – et d'un luxueux hélicoptère, un Sikorsky, moyen de transport urbain le plus chic des *tycoons* mégalos. La banque possédait aussi une partie d'une compagnie d'aviation haut de gamme, Net Jets, estimée à cinquante-trois millions de dollars, ainsi qu'une fantastique collection d'œuvres d'art, parmi lesquelles les tableaux de la Sud-Africaine Marlène Dumas et du très coté photographe allemand Andreas Gursky. Mais ce n'était pas tout ! À titre personnel, Fuld avait deux immenses propriétés, dont l'une en Floride, de près de trente hectares, ainsi qu'un appartement à New York et un petit portefeuille d'actions. On évaluait sa fortune personnelle à plus de huit cent millions de dollars.

Mais il était loin d'être le seul à avoir bien profité. Marcel Ospels, par exemple, disposait d'une fortune évaluée à près de soixante-dix millions d'euros. Un exploit pour cet honorable citoyen suisse qui avait contribué à précipiter la quasi ruine d'UBS, la plus riche des banques de son pays. Il venait enfin d'en démissionner, quelques mois plus tôt. Deux ans auparavant, cet homme au physique insignifiant avait annoncé des résultats « décevants ». Mais aucune inquiétude : il ne s'agissait, disait-il, que d'une « période transitoire ». Entre-temps, les actionnaires de la banque avaient perdu 65 % de leur capital.

Ces « patrons-voyous » – quels autres mots employer ? –, je les croisais dans des soirées professionnelles, au hasard des colloques. L'un des plus arrogants s'appelait Chuck Prince. Un malfaisant à la tête de la plus grande banque américaine, Citigroup, aujourd'hui au bord de la faillite avec quelque quarante milliards de dollars de pertes. Certes, il avait été contraint, sous la menace d'un scandale, de démissionner neuf mois auparavant. Sort cruel ? Pas tant que ça. Il lui restait tout de même ses cent soixante-dix millions de dollars pour se consoler. Quant au patron d'AIG, la compagnie d'assurance dont on murmurait qu'elle fonçait droit dans le mur, son patrimoine était tout simplement faramineux. Son nom ? Hank Greenberg. Son pactole ? Près de soixante-dix millions de dollars. Avec ça, il pourrait affronter sereinement la catastrophe. Laquelle ? Celle qu'il venait de provoquer. Si l'État américain était obligé de la renflouer, on disait qu'AIG allait coûter cent milliards de dollars aux contribuables.

Si Greenberg avait planté sa compagnie, son grand ami, le génial Warren Buffet, était célèbre aux États-Unis pour avoir fait gagner en trente ans mille fois leur mise aux premiers actionnaires de sa holding. Aux yeux des pigeons qui investissaient à tour de bras, il suffisait donc d'un Warren pour escamoter tous les escrocs du capitalisme.

Chez nous, c'était la même chanson, même si les sommes restaient un tantinet plus modestes. Le duo de comiques qui avait dirigé Dexia (diriger est-il vraiment le mot juste ?) s'en était tiré mieux que bien. Perte des malheureux actionnaires ? Début septembre, l'action avait déjà dévissé de près de 65 %. En attendant mieux. Le tandem magique, Pierre Richard et Axel Miller, allait partir avec un butin proche de trente millions d'euros. Pas si mal, vu le résultat !

Lorsque je songeais à Natixis, l'un des partenaires de La Banque, je ne pouvais m'empêcher de saluer l'artiste. Lequel ? Un certain Dominique Ferrero, le DG de ce truc en quasi-faillite projeté vers le mur par le couple improbable Caisse d'Épargne/Banque Populaire. Toujours en place malgré ses résultats calamiteux, là encore, et une action en baisse de 80 % le surdoué avait décidément la baraka ! Cerise sur le gâteau, il avait réussi à économiser quelque dix millions d'euros. Un véritable génie du trapèze volant !

Dans le genre, les deux danseurs de claquettes qui essayaient de faire flotter le vaisseau amiral des Caisses d'Épargne s'en sortaient bien. Leur président, le tortueux Charles Milhaud, avec son air de paysan madré, jouait lui aussi les écureuils avec un revenu annuel de trois millions d'euros. À peu près autant que celui de son DG, Nicolas Mérindol, plus sophistiqué d'allure, à défaut d'être plus visionnaire.

Que d'incapables parmi tous ces soi-disant leaders ! Moutons déguisés en requins, ces gens formaient, à Paris comme à New York, à Londres ou à Milan, une caste qui avait réussi cet exploit : jamais une opération de banditisme collectif n'avait été menée avec un tel sang-froid avant d'être couronnée d'un succès aussi inouï. Jamais des dirigeants n'avaient eu aussi peu de comptes à rendre. Jamais, dans l'histoire, un groupe ne s'était enrichi aussi vite en laissant derrière lui un tel champ de ruines. En vérité, on n'avait connu pareille expérience que dans un seul pays : celui-ci s'appelait autrefois l'Union soviétique.

Cette crise allait tout changer, je le devinais. Et, au fond, même si je ne pouvais ignorer le cortège de catastrophes qu'elle allait provoquer pour les autres, c'était terriblement excitant.

14

Dîner en ville

Je me souviens qu'Isabelle étrennait ce soir-là une nouvelle couleur de cheveux, entre blond vénitien et roux. C'était plutôt réussi, et même rafraîchissant. Je m'imaginais déjà en train de flirter avec elle, ranimant ainsi la flamme de notre mariage… Mais quelle idée stupide ! En réalité, Isabelle programmait ses séances chez le coiffeur en fonction de nos sorties mondaines. Et ce soir-là, nous étions attendus chez des amis. Enfin, plutôt des relations. Ce serait ce qu'on appelle un « dîner en ville », ce mélange convenu et typiquement parisien d'ultrariches, façon grande bourgeoisie ou dirigeants du Cac 40, entourés de quelques personnalités des médias ou du barreau, sans oublier un petit quota d'homosexuels snobs et de vedettes *has been*. Un sommet dans l'art de la conversation. On y parlerait des palaces désormais infréquentables de Maurice (comprenez l'île Maurice), des prochaines élections américaines et, bien sûr, de l'état des marchés.

Cette fois, le maître des lieux était l'un des vice-présidents d'HSBC, la grande banque anglaise basée à Hong Kong. Le cadre ? Un duplex avec vue sur la place de l'Étoile, financé par la vente opportune d'un paquet de stock options, ces bons points distribués aux confrères les plus méritants, qui nous ont permis de faire fortune depuis le début des années 90.

Isabelle adorait ces soirées saturées d'anecdotes et de tenues de créateurs. J'étais moins *addicted*, même si je m'y délectais en siphonnant quelques grands crus servis par nos hôtes. Cette fois, justement, les bons vins coulaient à gorge déployée : du Cheval Blanc (merci Bernard Arnault), du Chassagne-Montrachet (merci, monsieur le duc) !

La conversation roulait gentiment. On était une quinzaine en comptant un haut fonctionnaire de l'AMF – l'Autorité des marchés financiers, plaisant oxymore –, deux autres banquiers, dont Mustier, le polytechnicien de la Société Générale qui supervisait la chaîne hiérarchique de Kerviel – et qui, lui, avait sauvé sa peau –, le flamboyant directeur d'un grand hebdomadaire, et un avocat italien de Rome accompagné d'une ravissante créature qui tentait mollement de se faire passer pour sa femme. Ce charmant mensonge me ravissait tout en faisant grincer des dents les vieilles peaux de la soirée. Il y avait aussi quelques autres invités dont je n'ai pas mémorisé les états de service.

Au beau milieu du dîner, le sujet est bien sûr arrivé sur la table. Comme à l'habitude, c'est le journaliste à la langue bien pendue qui a mis les pieds dans le plat. Prenant son air matois de faux naïf, il s'est tourné vers notre hôte qui avait entamé un lamento sur les temps difficiles et l'a interpellé du tac-au-tac : « Nous, au moins, on n'est pas trop touchés… L'exception française a parfois des bons côtés, pas vrai ? » Comme mes confrères présents ce soir-là, je ne débordais pas d'un optimisme agressif sur la situation des marchés, mais le discours de La Banque, martelé par Numéro 1, roulait dans ma tête comme une machine à laver le cerveau : « On va traverser une forte houle, mais cette crise de confiance totalement irrationnelle sera de courte durée. » Obéissant à un réflexe pavlovien, je n'ai pas hésité à intervenir pour appuyer la thèse du journaliste : « Attendez, la France n'est pas Wall Street, les banques et les assureurs ont été raisonnables, et il n'y a pas de cadavres dans les placards. » À cet instant, Jean-Pierre Mustier a pris la parole. Les phrases qu'il a prononcées sont à jamais restées gravées dans ma mémoire, tant elles étaient prophétiques :

« Écoutez, a-t-il dit d'une voix basse, si calme qu'elle en devenait effrayante. On ne va pas se raconter d'histoires. Il n'y a pas plus d'exception française que d'excédent budgétaire. Et on est en train de foncer dans le mur en klaxonnant… »

Une des épouses liposucées, ayant peut-être en mémoire ses exploits à la Société Générale, lui a coupé la parole.

« Excusez-moi, monsieur. Vous êtes sûrement très compétent, mais ce n'est pas là l'avis général. Les milieux financiers, chez nous, ont été beaucoup plus prudents que ces Américains… »

Là, Mustier s'est énervé :

« Mais qu'est-ce que vous en savez, madame ? Vous travaillez dans une salle des marchés ? Vous êtes expert-comptable ? Non ? La réalité, c'est que la moitié des banques françaises est touchée ! Si ce

n'est pas pire. Dexia ? Au bord de la faillite. Natixis ?
Milhaud n'a rien vu ! Et Dupond non plus ! Sans
l'État, ils seraient déjà par terre ! La BNP Paribas ?
On va voir comment ils vont se sortir de leurs aven-
tures chinoises…

– Et vous, à la Société Générale ? a relevé l'épouse
impertinente.

– Nous, madame, ça n'a rien à voir ! On a investi
sur le marché pour un prix très raisonnable. Ros-
bank, ça vous dit quelque chose ? Non, évidemment.
Mais tous les analystes, eux, ont compris notre stratégie…

– Enfin, depuis l'affaire Kerviel, on sait ce qu'il
faut penser de la qualité de vos contrôles ! »

Pour des raisons qui m'échappaient, l'épouse en
question semblait s'acharner sur le malheureux. Une
petite actionnaire de son établissement, peut-être ?

« Mais enfin, les compagnies d'assurances sont
moins concernées par les incertitudes actuelles, n'est-ce
pas ? » murmura d'une petite voix le président de
l'AMF, un certain Prada, qui avait avalé toutes les
couleuvres depuis des années et cherchait manifestement à compléter son information à cette occasion.

L'autre était maintenant lancé.

« C'est une plaisanterie, je suppose ? Castries est
lui-même allé en Russie, mais, quoi qu'en pense
Madame, il s'est moins bien débrouillé que nous.
Certains considèrent que leur nouvelle compagnie
d'assurance russe, Reso, a été plus que bien payée…
De toute façon, depuis des mois Axa raconte ce qu'il
veut aux marchés. Eux sont d'ailleurs très exposés
aux *subprimes*… »

Après avoir lancé un regard en direction du journaliste, notre hôte a pris la défense de l'assureur.

« Je ne peux absolument pas laisser dire ça : Henri est un remarquable gestionnaire, il est insensé de dire…

– … de dire quoi ? Qu'Axa est engagé sur ses fonds propres ? Que s'il y avait un krach, hypothèse qui semble il est vrai assez absurde, la compagnie serait en danger… ? »

C'était la première fois que j'entendais dans un dîner en ville prononcer ce mot tabou. J'eus soudain envie d'apporter ma petite pierre à l'édifice. D'ailleurs, je ne nourrissais pas une immense affection pour le patron d'Axa qui n'avait jamais pris la peine de m'adresser la parole.

« Mais, d'après ce que je sais, il n'y a pas que ça. Apparemment, Castries lui-même n'était pas au courant de tous les risques pris par sa filiale américaine. Après quoi, il aurait sans doute pu se montrer plus ferme et trancher dans le vif…

– Et les autres compagnies, articula non sans peine l'avocat italien qui devait détenir des actions Generali.

– Qu'est-ce que vous voulez que je vous dise ? Aviva a perdu 20 % en une seule journée parce qu'une mauvaise rumeur circulait à son sujet. Zurich Financial Service a perdu 70 % de sa valeur depuis trois ans, et n'arrive pas à s'en sortir, malgré le traitement de choc que lui inflige son président américain. Quant à Allianz, ils vont à peine mieux. Ils ont eux aussi bu la tasse aux États-Unis, et pas seulement en abusant des *subprimes*… La seule bonne nouvelle, dans tout ça, c'est qu'ils ont réussi à refiler les pertes abyssales de la Dresdner Bank en la vendant à Commerz Bank. Titres que je vous conseille d'ailleurs fortement de vendre, si vous en avez...

— Ça va si mal que ça ? dit la créature qui escortait l'avocat.

— Vous savez quoi ? Si vous êtes en bourse et que vous n'avez perdu que 25 % de votre mise, vous n'avez plus qu'une seule chose à faire, madame : vendez ! Tout de suite ! Parce que, croyez-moi, les montagnes russes sur les marchés, c'est pas fini ! Chaque fois qu'un titre remonte, une banque – ou un *hedge fund*, d'ailleurs – le liquide sur-le-champ pour se refaire. Voilà pourquoi ce petit jeu va durer un moment... »

L'avocat italien fit une pause en attrapant son verre de Montrachet. Il s'était mis dans un état détestable, son visage congestionné dégoulinant de sueur.

Ce petit sketch avait fini par m'amuser. Je décidai de profiter de ce répit pour revenir à la charge. Quand l'ambiance est plombée, autant en rajouter une petite louche. Isabelle me foudroya du regard dès que j'eus rouvert la bouche.

« Vous savez, même à New York, les requins de Blackstone vont être obligés de liquider leurs positions dans l'année qui vient. Mais comme ils sont moins coincés que d'autres, ils vont étaler ça sur plusieurs mois, ce qui va pousser les marchés à la baisse... et finir par saper définitivement le moral des investisseurs. »

La ravissante jeune femme qui accompagnait l'Italien congestionné a paru franchement inquiète. Elle s'est tournée vers moi avec espoir :

« Mais vous disiez tout à l'heure que la France n'était pas Wall Street, n'est-ce pas ?

– J'essayais d'être courtois, chère madame. La vérité des marchés n'est pas toujours compatible avec une digestion aisée !

– Mais que peut-on faire, alors ?

– Rien, madame. Nous sommes à bord du *Titanic* et l'iceberg est en vue. Je vous propose donc de profiter calmement de ce dîner et de bien vous couvrir avant d'embarquer sur l'un des canots de sauvetage... »

15

L'engrenage

Au fond, dès le printemps 2008, on savait ce qui allait arriver. Mais on a préféré faire l'autruche plutôt qu'affronter les menaces. La phrase favorite de mon président a longtemps été : « Il faut faire le gros dos en attendant que ça passe. » C'était le temps où personne au monde ne connaissait Fannie Mae et Freddie Mac ! L'époque bénie où ces deux-là tentaient encore de rassurer les marchés avec des communiqués lénifiants. Et ça marchait ! En décembre 2007, année où on aurait encore pu inverser le cours de l'histoire, ces deux sociétés – en réalité, des organismes facilitant l'accès des prêts au logement, à l'origine créés par l'État fédéral, mais qui furent ensuite privatisés – bénéficiaient de la meilleure note de crédit attribuée par les agences de notation Standard & Poor's, Moody's et Fitch. Le top du top, c'était AAA. Avec ce « rating », vous trouviez de l'argent sans problème, on se battait même pour vous en prêter ! Pourtant, les nuages planaient déjà. Le 29 novembre 2007, en une seule journée, Freddie avait perdu 29 % de sa valeur, et Fannie 25 %. Mais ni la SEC – chargée à Wall Street de contrôler la sincérité des comptes des entreprises –, ni la Fed – la Banque centrale américaine responsable de la monnaie –, ni le secrétaire au Trésor n'avaient réagi. Le marché savait corriger ses erreurs, non ? L'autorégulation, comme disait l'ancien gouverneur de la Fed, Allan Greenspan, était la recette magique du capitalisme. Peu à peu, les taux d'intérêt commencèrent à alourdir les dettes des ménages américains, qui se transformaient en créances. Ensuite, les banques prirent un malin plaisir à les diffuser auprès du grand public, toujours confiant. À ce moment-là, les familles, étranglées, virent leurs maisons saisies. On les mit en vente, mais il y en avait trop, donc les prix baissèrent de façon vertigineuse, entraînant dans un engrenage infernal les établissements spécialisés, puis les grands noms de la place qui avaient joué avec le feu.

À Paris, les grandes banques françaises avaient longtemps pensé qu'elles allaient traverser la tempête sans se mouiller. En bon inspecteur des finances, mon président était infailliblement attiré par ce qu'il ne maîtrisait pas. Dès le début, ce truc des *subprimes* l'avait donc emballé. Le patron de notre filiale new-yorkaise, Tony Cassano, au bord de l'hystérie, nous décrivait les *fantastic opportunities* offertes par ces placements un peu mystérieux. Il rédigeait note sur note, faisait le siège du président tous les jours de la semaine. Une de nos principales réunions était le comité de direction, rassemblant une fois par mois les *happy few* et les aventuriers qui dirigeaient nos grosses filiales. À l'issue d'une présentation enflammée de Tony d'où il ressortait que nos marges outre-Atlantique allaient exploser, cet homme, par ailleurs d'une prudence de serpent, avait décidé de se lancer. Oh, bien sûr, il y avait les « procédures ». Le *reporting*. Les évaluations de risques… En pratique, que s'est-il passé ? Notre Franco-Italien avait foncé, puis nous avait communiqué son enthousiasme. Et donc son aveuglement. En 2007, nos engagements en matière de produits dérivés et de titrisation avaient pris des proportions considérables. Quand j'ai commencé à dire en comité qu'on prenait des risques excessifs, Numéro 1 m'a publiquement rabroué : « Le problème avec Damien, c'est qu'il raisonne en comptable. C'est bien, les comptables, mais ça ne fait pas rêver ! » Tous les participants avaient servilement ricané. Je m'étais écrasé. À tort. Mais, après tant d'années dans la même boutique, on a un peu perdu le goût du risque.

Il faut dire qu'à partir d'un certain moment, dans sa carrière, on finit par croiser pas mal de cadavres. Il y a les favoris qui tombent en disgrâce, peut-être l'espèce la plus répandue. Combien de fois avais-je bénéficié d'un adjoint censé m'aider et qui avait en réalité vocation à me remplacer ? Trois fois, quatre ? Je ne sais plus trop. Ce que je sais, c'est que je faisais le dos rond, que les parachutés se mettaient à croire en leur étoile, et finissaient par faire une connerie. Souvent ils parlaient aux journalistes. Une citation dans *Les Échos* ou *Investir*, ça passait, mais la fois suivante, l'interview au *Monde* ou au *Figaro* se révélait fatale. Ça marchait à tous les coups.

Un autre cas fréquent était celui du responsable qui prenait un peu trop à cœur le dossier qu'on lui avait confié. L'ambition se transformait en mégalomanie, ça devenait sa raison d'être, il s'écartait de sa feuille de route. La branche noble de La Banque – je veux bien sûr parler des fusions et acquisitions – attirait ce genre de caractères. Les voilà qui s'emballaient à l'idée de fusionner EDF et Veolia, ou Peugeot et Renault. Une sacrée bonne idée ! Il fallait alors le veto humiliant du gouvernement pour les neutraliser. Mais, pendant six mois ou plus, on les avait payés au prix fort. Et en plus ils en rajoutaient en critiquant en comité notre frilosité ! Dès cet instant, ils étaient cuits.

Parmi les victimes tombées au champ d'honneur de La Banque, il y avait cependant des hommes honorables. Le souvenir de l'un deux, croisé en 1980 au cours d'un stage, m'a marqué. Il s'appelait Éric B. ; chargé du département Gestion de patrimoines, il connaissait personnellement la plupart des clients fortunés de La Banque. D'une loyauté exemplaire, méticuleux, il gérait au mieux leurs intérêts entre Paris, le Luxembourg et la Suisse. Rattachée au siège parisien, notre filiale obéissait pourtant au droit helvétique, notamment sur ce point non négligeable : le secret bancaire. Des années après, l'une de ses anciennes secrétaires m'a initié au fonctionnement de son ex-patron. C'est ainsi que j'ai peu à peu compris sur quoi reposait son système qui représentait, en interne, une sorte de forteresse. Éric B., en vérité, n'avait jamais rendu de comptes qu'à la présidence.

Et puis, un beau jour, à la fin des années Giscard, l'impensable s'était produit. Une partie de l'establishment était en train de rallier discrètement Mitterrand. L'opposant absolu, l'homme de l'Union de la gauche, comme on disait. En fait, ce soutien se limitait à organiser quelques dîners et à faire des chèques. Très inquiet de l'évolution de la situation, d'un tempérament vindicatif, Giscard d'Estaing ou son entourage avait eu une brillante idée : commanditer une descente des douanes. Où ça ? Dans le saint des saints de La Banque : le bureau d'Éric B. La manœuvre, une fois décidée, avait été dirigée avec une rare efficacité. Fin 1980, tôt le matin – ces gens étaient bien renseignés –, une vingtaine de fonctionnaires avaient fait irruption dans La Banque. Éric B. disposait d'un petit bureau lambrissé au premier étage donnant sur un jardin de citronniers, un ravissant jardin d'intérieur surmonté d'une immense verrière, qui lui permettait de suivre les allées et venues des uns et des autres.

C'était la première fois qu'une grande maison faisait l'objet d'une intrusion aussi directe de l'État français. Les dirigeants de La Banque étaient traités comme les membres d'un cartel de la drogue ! Très vite, un douanier repéra un carnet dans le tiroir d'un secrétaire. D'après ce que m'a confié l'ancienne collaboratrice de B., ce calepin contenait tout : les noms de ses clients, les sommes déposées à La Banque, les montants retirés en liquide au fil des ans, les codes pour communiquer avec eux, parfois les pseudos, ceux des proches, en dehors du cercle familial, qui bénéficiaient de dons réguliers, et puis, bien sûr, les circuits occultes empruntés par cet argent invisible. Le président de La Banque de l'époque, terrorisé par l'opération, s'était vautré dans l'infamie en protestant avec une molle et fourbe indignation. La presse n'avait eu que des échos assourdis de l'événement. Et les journalistes qui avaient su s'étaient tus. Car le frère d'Éric B., Jean B., n'était pas n'importe qui : directeur du plus important hebdomadaire financier de l'époque, compétent et rigoureux, il disposait d'un grand capital de sympathie parmi la profession. Celle-ci avait donc préféré le silence plutôt qu'accabler un confrère dans la difficulté.

L'histoire s'était pourtant mal terminée. Anéanti d'avoir failli – du moins c'est ce qu'il pensait –, Éric B. se suicida, incapable de supporter à la fois le regard de ses clients et la muette réprobation d'une direction qui, de fait, l'avait abandonné.

Cette disparition contribua à m'éclairer sur les règles du jeu : servir, certes, et du mieux que je pouvais. Mais ne jamais aller jusqu'à sacrifier mon intérêt à celui de La Banque.

Au fil des ans, ma philosophie personnelle s'est encore affinée : servir, certes ; sans oublier de me servir au passage.

16

Goûter à l'Élysée

On aurait dit un goûter d'enfants. Mais pas n'importe lesquels : des enfants des beaux quartiers, si contents de se retrouver ensemble. À l'Élysée. Ce jour-là, j'avais accepté de sécher une réunion totalement inutile avec nos directeurs d'agence – comme si je ne savais pas ce qui se passait sur le terrain ! – pour remplacer notre président à la remise de Légion d'honneur d'un de ses camarades de l'inspection des finances. Les réjouissances avaient commencé dès le porche du Palais. Quatre gendarmes en tenue attendaient les visiteurs. La vérification d'identité n'avait pas été menée à la légère, avec portique de détection des métaux et palpation délicate en cas de doute. Ensuite l'un des militaires en grand uniforme m'avait escorté jusqu'en haut des marches, laissant l'huissier de service prendre le relais pour me piloter. Plus j'approchais de la salle des fêtes, plus le brouhaha laissait place à des voix dont certaines m'étaient familières.

« Ah, tu es là, ça fait combien de temps… ?
– Six mois au moins, tu as raison… comment va Marie-Laure ?
– Bien, bien…

– Alors, et vous, vous traversez la tempête sans trop de dégâts ?

– Quatre cents millions ? Vraiment ? Pas plus ?

– Vous vous en tirez drôlement bien… »

J'avais déjà été invité à la garden party de l'Élysée, mais pour une remise de Légion d'honneur, c'était la première fois. Intimidé ? Pas franchement. Cela dit, l'endroit reste impressionnant : les militaires harnachés, le ballet des voitures officielles dans la cour, les courbettes des huissiers…

Le décoré du jour était très populaire dans deux arrondissements parisiens. Cher ami par-ci, cher camarade par-là, on ne voyait que lui, on ne parlait que de lui. En cette rentrée 2008, tous ses amis s'étaient donné rendez-vous autour de celui que nombre de journalistes surnommaient « le Parrain des banques ».

Ce n'était pas la fête à Neuneu ni la fête des Loges, mais bien celle des abrutis de l'inspection des finances qui venaient célébrer ensemble leurs trente milliards… de pertes ! Après tout, ils se répétaient sans cesse qu'ils n'avaient pas démérité. Chez nous ? Pas de faillites, pas de recapitalisation en urgence d'établissements en grande difficulté, pas de Bear Stearns à la française. Officiellement. La presse n'était pas la dernière à vanter leur astuce, leur clairvoyance, évidemment aussi leur prudence. Dexia ? En pleine santé (malgré un cours en baisse de 70 %) ! Fortis ? La pêche (malgré une quasi-nationalisation par les Hollandais) ! Les Caisses d'Épargne ? un triomphe (malgré les trois milliards de pertes atten-

dues, les premières depuis 1848 !). Les assureurs ?
Dormez tranquilles, braves épargnants ! Pas de
compagnie pourrie, comme l'américaine AIG, au
pays de l'exception française !

Parmi toutes ces têtes aux tempes argentées, les
caciques de l'inspection portaient beau autour du
camarade décoré. Gosset-Grainville, directeur adjoint
du cabinet à Matignon, Richard, directeur du cabinet
de la ministre des Finances, la calamiteuse Christine
Lagarde, Mariani, nouveau patron chargé de sauver
Dexia du désastre annoncé, et Pérol, encore secrétaire-
adjoint de l'Élysée, dont on annonçait un parachutage
imminent sur une colossale sinécure, chuchotaient avec
des mines de comploteurs. Lorsque je fis mine de
m'approcher de leur petit cercle, leur conversation
se fit presque inaudible, et l'un d'eux, Alain Minc,
inspecteur des finances dans une autre vie, me déco-
cha un regard mauvais. Une voix un peu gouailleuse,
que j'identifiai aussitôt, dominait nettement la petite
assemblée : « Alors il m'a dit : Sakashvili ? Je vais le
faire pendre comme votre ami Bush l'a fait pour Sad-
dam Hussein. Alors j'ai dit : Vladimir, tu veux finir
comme Bush ? »

Les cerveaux de Bercy s'esclaffèrent comme un seul
homme à cette tirade du président, visiblement en
grande forme. L'espace d'une seconde, j'en fus estomaqué. En réalité, tout cela était dans l'ordre des
choses. À cet instant, un membre de la confrérie des
finances, que je croisais parfois à Cavalaire, se pencha
vers moi et me chuchota : « Pour ce qui est de faire
plier Poutine en paroles, il n'est pas maladroit. Mais
quand il s'agit de lui faire quitter la Géorgie, il la

ramène moins… » Philippe Villin, haut fonctionnaire reconverti depuis quelques années dans la banque, avait la langue toujours aussi bien pendue, même quand il s'agissait du président de la République.

Au moment où je songeais à quel point la cour, chez nous, résistait à toutes les alternances et à tous les scrutins, une sorte de taureau me bouscula sans ménagements. Énorme, presque aussi large que haut, trapu, l'homme se déplaçait d'une étrange façon, latéralement, comme un voilier tirant des bords de droite et de gauche pour prendre le vent. Je reconnus instantanément Antoine Bernheim, légende vivante de la haute finance mondiale. Nous n'avions jamais été en contact, mais je savais pas mal de choses sur lui. Ayant commencé à faire fortune dans l'immobilier, ce fils de commerçants, juif et pratiquant à ses heures, avait été recruté chez Lazard dans les années 60 par le patron en personne, le très ambigu Michel David-Weill. À partir de là, Bernheim avait multiplié les deals en accumulant les fusions menées par la banque d'affaires dans des conditions satisfaisantes, en tout cas pour lui. Sa fortune avait été estimée, en 2006, à 600 millions d'euros, ce qui, pour un honnête salarié, n'a rien de déshonorant.

En l'apercevant, le cercle autour du président de la République se fit moins compact. Quoique étranger à l'inspection, cet autodidacte de l'argent fascinait la plupart des hauts personnages présents ce jour-là dans la salle des fêtes. Je saisis l'occasion pour coller davantage au cénacle dans le sillage de l'octogénaire, président depuis une demi-douzaine d'années de l'assureur italien Generali, un empire qu'il dirigeait avec un indéniable succès. Sarkozy se détacha du groupe pour l'accueillir en lui tendant les deux mains. Bernheim s'en empara d'un geste presque violent, et lui secoua la droite avec une énergie inattendue chez un homme de cet âge. L'assistance guettait ses paroles.

« Nicolas, tu es le meilleur, tu es le meilleur ! » clamait-il d'une voix de stentor, bien décidé à s'imposer dans le brouhaha ambiant. Il ajouta après une seconde de silence : « Tu as dépassé toutes nos espérances ! Toutes nos espérances ! » En parlant ainsi, Bernheim traduisait les secrètes pensées de l'assistance. Tous ces grands patrons, tous ces banquiers, tous ces inspecteurs des finances avaient enfin à l'Élysée un homme à eux qui allait défendre leurs intérêts, protéger leur fortune, réformer l'ISF, subventionner leurs groupes, changer les lois dont ils ne voulaient plus... Bref, un homme précieux. De TF1 au groupe Bouygues, de l'empire Pinault à celui de Bernard Arnault de l'Oréal à Vivendi, de Serge Dassault à Henri de Castries, tous étaient là, vibrant d'admiration, prêts à chanter ses louanges dans tout Paris et à les faire reprendre en chœur par leurs rédactions respectives. Partagés entre admiration et agacement, ils s'étaient trouvé un nouveau maître. Et malgré leurs proclamations d'indépendance, leurs interviews réaffirmant l'autonomie du privé par rapport au public, la prédominance des actionnaires sur l'État, tous étaient venus à la file indienne déposer leurs hommages et leurs compliments à ses pieds.

J'appartenais à ce milieu – le mot était juste – où ne comptaient que deux lois : celle de l'argent et celle du rapport de forces. J'aurais besoin de m'en souvenir plus vite que je n'aurais pu alors l'imaginer.

17

Réunion de crise

Bien sûr, je ne vais pas prétendre que le métier de banquier est pénible. Ni qu'il est risqué, hormis pour les clients, évidemment. Mais il y avait tout de même des désagréments. L'un d'eux était la réunion consacrée à la présentation des comptes trimestriels. On était le jeudi 4 septembre et il fallait bien surmonter cette – petite – épreuve.

La réunion commençait toujours sur le coup de 10 heures. Le président nous faisait la grâce d'abandonner quelques instants son bureau pour s'installer autour de la grande table de la salle de réunion située au même étage, juste au-dessus du jardin de citronniers baignant à cette heure dans une belle lumière naturelle. Là nous rejoignaient le directeur financier, le très chic responsable de la banque de détail, celui des produits dérivés et des nouveaux marchés, chacun escorté d'un collaborateur, ainsi que le directeur du contrôle des risques et le directeur des affaires internationales. Ce jour-là, la jeune femme qui venait de quitter le service en charge des relations avec les investisseurs inaugurait ses nouvelles fonctions de directrice de la communication.

Toutes les banques maîtrisaient assez bien cet exercice consistant à faire des choix comptables qui soient aussi médiatiquement acceptables. Entre nous, on l'appelait « réunion de cadrage ». L'honnêteté la plus élémentaire aurait dû nous inciter à la surnommer « réunion d'habillage ». Ou « de maquillage ». Mais nous avions encore une parfaite bonne conscience, et si j'avais utilisé un vocabulaire aussi grossier, j'aurais été prié de quitter la salle, couvert de plumes et de goudron… comme les tricheurs dans les albums de Lucky Luke !

J'étais curieux de voir comment la reine du jour allait se débrouiller. Elle avait été choisie sur décision de Numéro 1 qui accordait une extrême importance à son aura personnelle. La nouvelle gourou de la communication avait été préférée à une analyste-risque qui lui était apparue d'emblée comme trop compétente et avait aggravé son cas en se présentant comme ma candidate. Or, derrière ses airs de catholique réservé, quasi indifférent au bruit du monde, d'ascète de la haute finance méprisant la société moderne, le grand homme suivait en réalité de fort près tout ce qui touchait à son image dans les médias. Et accessoirement à celle de La Banque.

Lorsque le souvenir de cette réunion me revient, j'en rougis de honte. Comme nous étions inconscients, tous ! L'année ne serait pas bonne, nous le savions. J'avais désormais l'intuition que quelque chose allait nous tomber dessus, mais quoi ? En tout cas, ce jour-là, les troupes ne voyaient pas autre chose, dans les incidents boursiers qui s'accumulaient, qu'une série noire. La mondialisation heureuse ne se discutait pas, elle relevait de l'évidence. D'ailleurs, les premières escarmouches commencèrent quand le directeur financier aborda le sujet sen-

sible : les provisions. Quelles sommes soustraire du
résultat du trimestre pour prendre en compte les
risques pris par La Banque ?

Pour éviter d'en venir au sujet qui fâche – la diver-
sification –, l'apparatchik attaqua l'affaire par son
côté ensoleillé. Ce qui ne posait pas de difficultés
majeures. La seule réalité incontestable, justement,
c'était que le gouffre de l'été précédent continuait à
se creuser. En inspecteur des finances avisé, soucieux de partager le poids des responsabilités, le président s'en étonna sur un ton de vif reproche :

« Mais enfin, Frédéric, on les a fermés, ces fonds !

– Pas exactement, monsieur le président, reprit le
directeur financier. On a présenté les choses comme
ça après coup, mais vous vous en souvenez sans
doute, puisqu'on en avait discuté ensemble…

– Et alors ? »

La voix laissait filtrer un réel agacement.

« Eh bien, on avait décidé de rembourser les
pertes de nos clients de plus d'un million d'euros, ce
qui représentait déjà pas mal de monde…

– Je ne comprends rien à ce que vous racontez ! »

On devinait ce que se retenait de clamer notre
grand argentier : « C'est pourtant simple !… On a
atteint assez vite un chiffre de l'ordre de six cents
millions. Mais il restait hors du champ beaucoup
d'investisseurs mécontents. Et on a reçu du papier
bleu : de trente-sept cabinets d'avocats, exactement.

– Et alors ?

– Et alors la recommandation de la direction juridique, comme vous le savez également, a été de rem-

bourser tous les clients à égalité, faute de quoi nous étions sûrs de perdre devant un tribunal.

– Ce qui nous mène à combien ?

– Deux milliards quatre, environ.

Le président aimait avoir le dernier mot.

– Et qu'est-ce qu'on avait décidé ?

– Vous aviez considéré qu'il valait mieux répartir les provisions entre 2007 et 2008. À l'époque, on pensait encore que les perspectives seraient favorables. On a passé seulement un milliard sur 2007, et il en reste donc encore un autre à absorber, ou plus précisément un milliard quatre. Mais comme on ne l'a pas fait sur les deux premiers trimestres, je recommande de le répartir d'ici la fin de l'année, ce qui ferait sept cents millions pour ce troisième trimestre… et le solde à la fin de l'année. »

Le président s'est tourné vers nous pour recueillir des réactions. Silence. Il s'apprêtait à changer de sujet lorsque la nouvelle recrue se manifesta :

« C'est peut-être une idée absurde… mais s'il y avait d'autres mauvaises nouvelles, ce serait peut-être le moment ou jamais de tout regrouper… »

Comment cette fille pouvait-elle savoir ? Nous avions aussi pris une grosse participation dans la principale compagnie d'assurance américaine AIG, considérée naguère comme une valeur de père de famille. Or, avec la baisse du secteur depuis deux ans, le cours de bourse s'était effrité. Numéro 1 avait tranché il y a six mois, lorsque je lui avais suggéré de prendre notre perte : « Mon cher Damien, vous n'aurez décidément jamais l'envergure d'un Numéro 1 ! » Numéro 1 des conneries, oui… Cette brillante analyse n'avait malheureusement pas été confortée par les faits. Non, manifestement, la fille tâtait le terrain à l'aveugle, pour en savoir plus.

« De quoi parlez-vous ? fit sèchement le grand homme. »

Elle eut une grimace qui ressemblait aussi à un sourire compatissant.

« Je disais ça comme ça… Mais les problèmes… enfin, il vaut peut-être mieux les mettre ensemble dans un paquet-cadeau et les livrer aux médias en une seule fois. C'est tout ce que je dis… »

Cette réunion commençait à être amusante. Notre habitude de camoufler sans cesse nos pertes et nos diversifications foireuses revêtait une vraie dimension pathologique. Toutes les occasions pour trafiquer nos comptes étaient bonnes à saisir. Les rumeurs sur les résultats épouvantables de Dexia, de certaine filiale du Crédit Agricole ou de la Royal Bank of Scotland – la RBS – me revenaient à l'esprit. Je songeai aussi à ce qu'on racontait entre nous sur la situation catastrophique d'UBS : on évoquait des pertes annuelles de l'ordre de 13 à 14 milliards de francs suisses ! Au fond, sans y avoir jamais vraiment réfléchi, je savais bien qu'ils faisaient tous comme nous. Eux aussi planquaient leurs échecs sous le tapis. Malgré l'AMF. Malgré la Commission des assurances. Malgré la Commission bancaire. Malgré toutes ces régulations aussi molles dans les faits que bruyantes dans leurs proclamations.

« L'idée de Marie-Cécile n'est pas absurde », glissa à cet instant, d'une voix légèrement sirupeuse, le très ambitieux directeur des produits dérivés, avec d'autant plus d'entrain que, pour une fois, il n'était pas concerné par ce ratage.

Une occasion se présentait, autant la saisir.

« On aurait pu en profiter pour annoncer la moins-value sur AIG, par exemple ? Ça représente quoi ? »

Notre président visionnaire allait se prendre le chiffre en pleine figure. Tant pis pour lui.

« On doit en être pour l'instant à deux milliards six, répliqua le directeur financier d'un ton sec.

– Tant que ça ? lâcha Numéro 1 en se tortillant sur son siège.

– Le cours avait tellement plongé, avant l'été, qu'on a craint, à un certain moment, de dépasser les quatre milliards. Mais il devrait remonter. Toutes les mauvaises nouvelles sont apparemment déjà dans les cours… Cela dit, on pourrait envisager de faire porter environ un tiers de ce montant sur 2008, soit huit cents millions, et on reporterait le solde sur 2009. L'année ne pourra pas être pire que celle-ci ! »

Je me sentis obligé d'intervenir à nouveau.

« Ça, c'est un pari osé ! Rien, dans la situation actuelle d'AIG…

– Écoutez, Damien, fit le vieux tyran d'une voix exaspérée, si vous avez l'intention de jouer les Cassandre de service, laissez tomber ! »

Il était temps d'enrayer la glissade qui s'aggravait de jour en jour.

« Monsieur le président ! On a accumulé les déceptions, cette année, et le résultat sera de toute façon exécrable. Dès lors, je serais personnellement d'avis de charger la banque au maximum. Notre action baissera de 30 %, et après ? »

Silence de plomb dans l'assistance. C'était impressionnant, tout ce courage regroupé sur quelques mètres carrés !

« Damien souligne un point qui mérite discussion, enchaîna le directeur financier. Il y a aussi l'ardoise de notre filiale commune avec Bank of China... »

Le président eut un soubresaut.

« Combien ?

– Six milliards deux cents millions d'euros. Cela englobe les pertes de 2007 que nous n'avions pas complètement provisionnées. »

Les hiérarques autour de la table gardaient un silence accablé.

« C'est tout ?

– Franchement, murmura la nouvelle directrice de la communication, je pense que c'est le moment de tout mettre à plat... »

Le président leva les yeux au ciel.

« Merci du conseil, Marie-Cécile, c'est vraiment bien vu. Il n'y a pas d'autres cadavres, au point où on en est ? »

Le directeur des affaires juridiques commença à s'agiter.

« Je vous rappelle, monsieur le président, que nous avons le dossier de la Corniche, à Marseille...

– C'est quoi encore, cette merde ? éructa celui qui avait insisté pour monter l'affaire aux côtés d'Oméga 35, un fonds peu regardant sur les méthodes de gestion.

– Eh bien, on a racheté avec une société d'investissement américaine une trentaine d'immeubles bien situés, à l'est du vieux port. À l'époque, ça semblait très prometteur…

– Et alors ? aboya Numéro 1.

– La rénovation de certains bâtiments a pris un peu de retard, et d'autres ne se sont pas tout à fait vendus à la valeur à laquelle ils avaient été estimés. En réalité, on devrait normalement provisionner dans les neuf cents millions d'euros.

– Alors là, vraiment, c'est le pompon ! lâcha le président avec une familiarité à laquelle nous n'étions pas habitués. »

Cette terrifiante réunion me dessilla les yeux. La Banque, comme ses concurrents, misait comme on le fait dans une partie de poker. Et quand elle perdait, ce qui arrivait de plus en plus souvent, elle essayait de se refaire en doublant sa mise. Le système devenait fou, échappant même à toute apparence de contrôle. En additionnant ces chiffres que j'aurais dû connaître par cœur, j'arrivais à un total qui me parut d'abord grotesque.

« Il y a également les matières premières… »

Le responsable des produits dérivés et des nouveaux marchés en profitait pour nous refiler un rossignol supplémentaire. Cette fois, c'est le directeur financier qui eut l'air estomaqué.

« Première nouvelle !

– Mais si, je t'en ai dit un mot, il y a quelques jours. Au début de l'année, on est monté sur le cacao…

– Et… ?

– Et on s'est couvert à la baisse. On pensait encore qu'il y avait des excédents sur le marché, notamment en provenance de Côte-d'Ivoire, pays qu'un de nos traders connaissait bien… Mais on s'est malheureusement trompé. On en est à 40 % de hausse, et même si ça se calme, on finira pour 2008 en hausse de 20 à 25 %…

– Et cette nouvelle petite plaisanterie nous coûte combien ?

– Quatre milliards trois, monsieur le président, comme je vous l'ai dit la semaine dernière dans votre bureau… »

Le directeur financier voulait clarifier la situation à sa façon, sans y mettre de délicatesse particulière.

« Personnellement, c'est la première fois que j'entends parler de cette histoire de cacao. Quant au chiffre, il me paraît plutôt élevé… Si je fais l'addition des différents sinistres dont il a été question depuis le début, j'arrive… ah, ma machine n'arrive même plus à faire le calcul… c'est pas bon signe, ça ! Bon, je voulais juste détendre l'atmosphère… Voilà… ça fait quinze milliards cent ! »

L'assistance parut pétrifiée.

« Quinze milliards ! répéta, hébété, Numéro 1. Mais c'est presque le Crédit Lyonnais de ce malheureux Haberer ! »

La comparaison n'était pas très flatteuse pour l'état-major de La Banque.

« Si on passe ça sur l'année, il se pourrait que notre ratio de fonds propres dégringole au-dessous des 7 %, marmonna le directeur financier. On risquerait alors d'entrer dans une zone à risques. Il paraît que Bercy envisage un plan de soutien, il faudrait vite s'inscrire au guichet... »

Le président l'interrompit :

« Ah ça, jamais ! Vous entendez tous ? Moi vivant, pas un centime d'argent public n'entrera dans les caisses de cette maison, c'est moi qui vous le dis ! Et ce n'est pas demain que ce gouvernement de faux durs me fera changer de position, croyez-moi ! »

Il était un peu tard pour ce genre de proclamation virile. L'idée me traversa tout à coup que nous avions, en quelques années d'euphorie, conduit La Banque au bord du gouffre. Et peut-être même, au-delà, tout le pays.

18

Carnet de secours

Le vendredi était un bon jour. Les bureaux se vidaient progressivement à partir de 16 h 30. Il ne restait dans l'immeuble que les directeurs et, parfois, quelques cadres désireux de faire du zèle ou de profiter du calme ambiant pour rattraper leur retard de la semaine.

Dans mon cas, l'urgence consistait à écluser les mails que j'avais laissés s'accumuler depuis deux jours. La préparation de la réunion des comptes trimestriels m'avait mobilisé davantage que prévu. Il me faudrait assumer ce choix d'un maquillage sophistiqué de nos pertes vis-à-vis des journalistes et des analystes financiers qui n'allaient pas manquer de nous tomber dessus. Mais, en interne aussi, je devrais rassurer l'encadrement et les employés, surtout si la conjoncture continuait à se détériorer. Mais le plus grave, c'était la dégradation de ma relation avec le président, dont les raisons m'échappaient quelque peu. Fallait-il s'expliquer avec lui pour élucider la situation ? En vérité, je n'en avais ni l'envie, ni le courage.

Par ailleurs, j'avais aussi prévu de peaufiner les détails d'un déplacement dans la charmante principauté d'Andorre. On était le 5 septembre. Le lundi suivant, j'allais découvrir ce lieu accueillant qui s'intégrerait peut-être plus vite que prévu à mon propre plan de survie. Mais, au préalable, il me fallait recenser les habituelles précautions à prendre pour ce genre de voyage.

Mon rôle de Numéro 2 de La Banque m'avait amené à codifier certaines règles de prudence. Je fais allusion ici à celles qui s'appliquaient à nos relations avec l'extérieur – à nos filiales exotiques, pour ne pas les nommer. L'expérience m'avait appris à être d'une circonspection de Sioux. Le souvenir d'Éric B., le consciencieux gestionnaire des comptes privés, qui s'était suicidé avant mon arrivée à La Banque, m'avait persuadé qu'on n'en faisait jamais trop. J'étalai soigneusement le contenu de mon portefeuille sur mon bureau où ne traînait, comme à l'habitude, aucun dossier ; aucune carte de visite compromettante, aucun document interne, aucun projet de statut de fiduciaire, ces sociétés-écrans que nous tenions à la disposition de nos meilleurs clients, ne devait y avoir été oublié. Rien. Par acquit de conscience, je sortis mon carnet de rendez-vous. Les instructions que j'avais synthétisées dans un manuel interne confidentiel étaient on ne peut plus claires : interdiction formelle de voyager à l'étranger avec un ordinateur professionnel susceptible de receler des informations compromettantes. Les bons vieux agendas retrouvaient dans ce contexte une nouvelle vie. Celui que j'avais sur moi ce jour-là était mon carnet « spécial douanes » : autrement dit, une version expurgée de l'original. Une bonne partie des clients n'y figuraient pas : tous ceux qui détenaient des comptes non déclarés dans notre filiale helvétique.

D'autres clients qui avaient choisi l'exil fiscal avaient par ailleurs un compte tout à fait officiel dans l'une de nos filiales de Bruxelles ou de Londres, mais il convenait aussi de les protéger. Enfin, je traitais en direct certains non-résidents en France – des étrangers qui nous faisaient une confiance aveugle, ou presque, convaincus d'avoir trouvé en La Banque le sanctuaire par excellence.

On connaissait dans le sérail les noms des confrères d'autres établissements qui s'étaient fait confisquer leur carnet et avaient dû subir un interrogatoire de plusieurs heures à la frontière. Nous nous tenions donc à cette discipline de ne voyager qu'avec des documents codés et de faux agendas. Personnellement, j'avais mis au point le système suivant : un double de mon carnet parisien se trouvait dans le bureau du patron de nos filiales étrangères, dans un coffre auquel ce dernier était le seul à avoir accès ; mes rendez-vous étaient certes pris depuis Paris, mais sur une ligne téléphonique très particulière qui correspondait, pour France Télécom, à une société de courtage en matières premières, intitulé qui avait été jugé assez anodin par notre directeur juridique pour servir de camouflage.

Depuis le début des années 90, nous étions dans le collimateur du gouvernement. Donc de Bercy. L'explosion des flux financiers off-shore, des facturations entre les sièges des grandes multinationales et leurs innombrables filiales, des mouvements de capitaux de plus en plus considérables, avait fait naître une guérilla souterraine. Les services fiscaux enquêtaient secrètement sur les grands établissements financiers partout dans le monde. Et plus encore chez nous. Par périodes, La Banque faisait donc l'objet d'écoutes téléphoniques plus ou moins autorisées – c'est-à-dire, en fait, totalement illégales. Mais, logiquement, personne n'avait intérêt à se scandaliser de ces pratiques : ni le gouvernement, ni le ministère des Finances, ni les juges. Quant à nous, principales victimes de ces agissements amoraux, nous nous refusions bien évidemment à inquiéter nos clients. Révéler ces méthodes scandaleuses aurait de surcroît envenimé nos relations avec ce magma incertain de bureaucraties en guerre les uns contre les autres, connu sous le nom d'État français. C'était bien le dernier de nos objectifs !

J'avais rassemblé mes affaires. Tout semblait en ordre. Même en cas de fouille au corps, les douaniers ne trouveraient rien. À y bien réfléchir, les banquiers à un certain niveau menaient une vie proche de celle des agents des services de renseignements : précautions, obsessions, informations, transferts en tout genre et goût du secret, tout y était.

J'avais mes horaires sous les yeux. Je partais le lundi matin de Roissy par le premier vol, celui de 7 h 15.

J'éteignis la lumière. Le plan B était lancé.

19

L'excursion en Principauté

La petite fête à l'Élysée m'avait ouvert les yeux : les gens informés se préparaient au pire. En attendant, ils se répandaient en bonnes paroles qui n'engageaient que ceux qui y croyaient.

Au bureau aussi, le péril se rapprochait. Depuis la « réunion de maquillage », une idée commençait à me tourmenter : se pouvait-il que le mégalo incompétent qui nous dirigeait eût décidé de me liquider ? Rien ne justifiait une pareille hargne, hormis son bon plaisir. Et, accessoirement, la nécessité d'offrir un bouc émissaire de bonne volonté au marché lorsque ce dernier découvrirait l'ampleur des mauvaises nouvelles. Au fond, plus j'y réfléchissais, plus cette hypothèse à première vue absurde devenait vraisemblable.

À ce constat s'ajoutait l'envie d'échapper à la routine conjugale dont j'avais épuisé les charmes depuis longtemps. Pourquoi ne pas imaginer une nouvelle vie ? Il y aurait Mandy, geisha à la conversation divertissante et objet sexuel aussi prestigieux qu'indispensable. Et d'autres, tellement d'autres !

Mais, pour s'offrir ce nirvana, il fallait du cash. Beaucoup de cash. Si mon salaire alimentait le compte joint que nous partagions, Isabelle et moi, j'avais réussi au fil des ans à me constituer une discrète cagnotte dont elle ignorait tout. Cette réserve venait de bonus accumulés au fil des ans. Cachée sur un compte Natixis – une banque qui m'inspirait alors confiance, avec ses deux grands actionnaires qu'étaient les Caisses d'Épargne et les Banques populaires –, cette petite caisse noire m'offrait la perspective d'une retraite certes lointaine, mais décente.

Hélas, au fil des ans, ma tirelire avait fondu à cause de la voracité du fisc. Sur les cinq millions d'euros que j'y avais accumulés, seuls trois malheureux millions avaient survécu à mes joyeuses incartades et aux innombrables prélèvements qui s'ajoutaient chaque année les uns aux autres : cotisations sociales (il ne s'agissait pas de stock-options, dispositif épargné par ce racket-là), CSG, impôt sur le revenu, prélèvement exceptionnel pour renflouer tel ou tel système en faillite… – j'avais renoncé à en dresser la liste.

Ces trois millions ne suffisaient décidément plus à mes projets. Chaque jour je voyais mes pairs, dans les autres banques, se gaver de primes, de bonus, d'avantages en nature et de stock-options en toute impunité. Chez nous, mon généreux président avait mis au point un système très compliqué pour s'arroger l'essentiel du butin. Il acceptait à contrecœur de m'en laisser des miettes. Cette situation, que j'avais trop longtemps acceptée de bonne grâce, m'était devenue insupportable. Pendant ce temps, nous assommions nos clients à coups d'agios et de frais abusifs. Nos relevés font à ce titre figure de chefs-d'œuvre : aussi illisibles qu'incompréhensibles, ils interdisent la moindre prise de conscience. Quant à nos actionnaires, ils voyaient fondre leur épargne de mois en mois. Notre cours avait déjà perdu 38 % depuis le début de l'année, et le mouvement allait certainement se poursuivre.

Avais-je vocation à être le seul « chevalier blanc » dans l'univers de la banque mondiale ? Un chevalier qui tondait consciencieusement ses clients sans jamais songer à s'enrichir ? Évidemment non ! D'ailleurs, ces chevaliers-là sont toujours exécutés avant de se hisser au moindre poste de responsabilité !

J'étais absorbé par ces sombres pensées lorsqu'une silhouette féminine se pencha vers moi : « Thé ou café ? » Cette petite hôtesse de l'air espagnole me souriait gentiment. En la regardant, je me dis qu'Andorre avait du charme. Voire quelques bonus imprévus...

Qu'est-ce que j'aurais pu faire, avec trois millions ? Si je décidais de changer de vie, je serais bien obligé de partir les mains vides. Cavalaire, l'appartement de Paris, les meubles, toutes ces choses auxquelles je n'étais même pas sûr de tenir, je devrais tout laisser à Isabelle. Et à ma fille Chloé. Qu'est-ce qu'il allait me rester ? Que pourrais-je m'offrir ? Rien d'extraordinaire, en vérité. Si je voulais vraiment quitter tout ça, il devenait urgent d'assurer mes arrières. Histoire de mettre en pratique ma nouvelle devise : servir (le plus souvent) et se servir au passage (toujours). Comment ? Le plus simple était tout de même de chercher dans La Banque. J'avais un jour pensé à ponctionner avec doigté les comptes dits « en attente d'affectation » où certains traders faisaient séjourner quelque temps les gains qu'ils ne voulaient pas trop vite officialiser. C'était souvent, pour un desk, le moyen de « lisser » les résultats et de donner une impression (fausse) de régularité à la direction. Nous n'étions évidemment pas dupes, ni le président ni moi, mais nous n'avions pas vu l'intérêt, jusqu'ici, de priver des équipes méritantes de cette petite marge de liberté. J'avais finalement renoncé à explorer cette voie qui représentait beaucoup d'emmerdements pour un résultat en définitive assez modeste. Et puis, chaque fois que j'y réfléchissais, entrer dans notre système informatique pour en manipuler la programmation me semblait très au-dessus de mes capacités…

Après un atterrissage un peu sportif, j'ai franchi la douane sans encombre. Les fonctionnaires de ce service d'élite étaient en grande discussion avec la délicieuse hôtesse qui m'avait servi sur le vol, et n'avaient visiblement nulle intention de procéder au contrôle des passagers.

Mon taxi s'est arrêté devant un bâtiment moderne d'Andorre-la-Vieille, capitale de pacotille de cette principauté, encore plus laid que je n'aurais pu l'imaginer. Après avoir payé la course, je suis descendu du monospace avec mon sac de voyage. Il était 11 heures, et l'interlocuteur avec lequel j'avais rendez-vous m'a expliqué que la principale agence de la Banca d'Andorra fermait à 11 h 45 précises, pour la pause déjeuner. Au moins, sur ce plan, je ne serais pas trop dépaysé.

Une fois dans la banque, j'ai décliné le nom du responsable. Celui-ci s'est présenté presque aussitôt. Curieusement, il ressemblait à un nordique : assez grand, des cheveux blonds, seul son embonpoint trahissait une vie un peu trop paisible. Il me demanda une pièce d'identité, tout en s'en excusant. C'était pourtant bien normal. Nous n'avions eu qu'un contact à distance par cabine téléphonique interposée. Trouver cet établissement très discret n'avait pas été si compliqué. Paradoxalement, malgré mon métier, j'étais tout simplement allé surfer sur internet pour découvrir la banque idéale. J'avais d'abord identifié cinq établissements installés sur place. Tous se présentaient comme totalement indépendants, disposant d'actionnaires établis dans la principauté, très attachés au secret bancaire. Ce détail ne m'avait pas laissé insensible par ces temps de dénonciations encouragées et de coopérations officieuses entre États.

La récente affaire de la LGT m'avait en effet quelque peu secoué. Cette banque très secrète n'était connue que des initiés et des grandes fortunes. Et pour cause : la banque du Liechtenstein reste la propriété personnelle de la famille régnante. Le type qui dirige le business local, le XVIe prince de la dynastie, s'appelle Hans-Adam II. En février, soit six mois auparavant, on avait appris avec effarement qu'un employé indélicat avait vendu au fisc allemand une liste de clients. Huit cents malchanceux venus du monde entier mettre leurs économies à l'abri avaient été balancés ! Les noms étaient sortis en Allemagne, mais, curieusement, pas chez nous. Pour une fois,

Bercy était resté très pudique. Étonnant ! Car, depuis près de vingt ans, les administrations fiscales tentaient d'acheter des employés de banques en Suisse ou au Luxembourg, le plus souvent sans succès. Deux fois seulement, à ma connaissance, elles avaient réussi en se contentant d'ailleurs de quelques dizaines de noms, dont quelques clients décédés. Cette fois, les Allemands avaient mis en difficulté le Liechtenstein : à La Banque, on sentait bien que le monde changeait ! Ce petit pays tranquille, coincé entre la Suisse et l'Autriche, était considéré jusque-là comme hors d'atteinte : il figurait en tête de la deuxième liste des vrais paradis fiscaux établis par l'OCDE. Ces paradis dont les ministres des Finances de tous pays annonçaient depuis des années la fin imminente… Ces refuges pour grandes fortunes paranoïaques résistaient aux attaques de plus en plus virulentes des différents gouvernements de la planète. Pour combien de temps encore ?

D'autres citadelles commençaient déjà à vaciller, en revanche, même si on le savait peu. Ainsi la Suisse n'était-elle plus considérée comme un authentique paradis depuis qu'un dingue avait dirigé le parquet de Genève, dans les années 90. Bernard Bertossa, c'est son nom, s'était fait élire un peu par accident (chez eux, certaines fonctions administratives sont pourvues par le biais du suffrage universel). Les banques de Genève avaient donc été sous les ordres d'un procureur socialiste ! Socialiste à la mode locale, certes, c'est-à-dire plus radical de gauche que bolchevique, mais de gauche quand même. Mon ami Konrad (Konrad Hummler, le président de l'Association des banques privées suisses) m'avait un jour présenté cet illuminé dans un cocktail. Bertossa, plutôt sympathique de prime abord, avait d'autant plus secoué la place qu'il s'était fait réélire deux fois ! Le magistrat avait jeté en pâture à l'opinion quelques dictateurs aux gueules épouvantables, et terrorisé les banques qui accueillaient leur magot. Le gouvernement fédéral avait dû suivre. De nouvelles lois, plus morales, avaient été votées. Hélas ! En 1990, le blanchiment d'argent – provenant du trafic de drogue ou d'opérations mafieuses – était devenu un délit fédéral, c'est-à-dire qu'il s'imposait aux cantons. Dans ce cas, leur article 47, qui fondait le secret bancaire, n'avait plus cours. La violation de ce secret était pourtant considérée comme un délit, mais les exceptions allaient se multiplier, pour notre malheur ! En 1998, nouvelle étape : une loi obligeait désormais les banquiers à signaler toute transaction suspecte, bref à dénoncer ceux de leurs clients qui débarquaient avec des valises de cash. Le banquier devenait un auxiliaire de justice, et bénévole de surcroît. Grotesque ! La même loi était passée chez nous. Une discrète cellule d'investigation, Tracfin, chargée de repérer les délinquants potentiels, avait été montée dans la foulée. Depuis lors, de l'UIMM au député Julien Dray, les victimes tombaient comme des mouches, d'ailleurs avec grand fracas.

« Vous comptez effectuer des versements bientôt ? me demanda d'un ton déférent le responsable de l'agence en me rendant mon passeport. Parce qu'il faut que je vous fournisse quelques précisions sur les modalités techniques... »

Cette question cruciale me fit soudain revenir sur terre. Bien sûr, je savais ce dont il allait me parler : un nom de code, des téléphones protégés ou des cabines, un appel avant toute opération, un plafond virtuel pour les dépôts en cash, l'éventuelle création d'une société-écran, toutes ces pratiques m'étaient familières, mais je fis semblant d'écouter d'un air studieux. Le souvenir d'Éric B., figure légendaire de La Banque, me retraversa l'esprit. Un suicide plus qu'honorable, digne, estimable, même si le geste était absurde. Quelle faute professionnelle méritait une telle sanction ? Depuis lors, combien de clients connus ou de chefs d'État avaient été balancés par leur banque soudain saisie par une volonté frénétique de coopérer avec les autorités ?

Dans mon souvenir, la vague de vertu s'était d'abord abattue sur Marcos, le sinistre dictateur philippin. Un peu plus tard, effrayée par les menaces du procureur Bertossa, c'était la banque du président du Kazakhstan, une ex-République soviétique, qui avait livré Nazarbaïev le corrompu à la justice suisse. Le paradoxe amusant était qu'à l'origine celui-ci avait dénoncé son principal opposant aux autorités hélvétiques. Mais, au même moment, un juge belge très motivé avait sollicité l'entraide judiciaire au parquet de Genève. On avait alors découvert que l'ayant droit du compte suisse visé par la commission rogatoire était le président kazak en personne ! La liste des victimes, à partir de là, s'était allongée : Salinas, le frère du président mexicain, puis Ali Zardari, le mari de Mme Bhutto : après avoir planqué douze millions de dollars au Panama, l'habile homme, devenu veuf, venait de réussir à se faire élire président du Pakistan, trois mois auparavant, en lieu et place de sa défunte épouse !

Malgré leurs belles proclamations, les Européens n'avaient pas semblé si pressés de rendre l'argent volé par tous ces dictateurs. J'en savais quelque chose. Ayant été chargé par le président, toujours prêt à se défiler, du délicat dossier Abacha, l'ancien président du Nigeria, j'avais dû affronter une multitude de problèmes inextricables. Nous avions monté depuis des années l'un des circuits de détournement des fonds de ce dictateur. Il y en avait pour quarante-trois millions de dollars rien que pour La Banque. Une goutte d'eau, face aux six cents millions de dollars dont il était question, mais une goutte significative au regard du droit et des modalités de versement de tout ce liquide qui avait transité par notre filiale londonienne. Accusés de blanchiment d'argent par la FSA, la Financial Services Authority, équivalent anglais de l'AMF, nous nous étions toujours refusés à commenter cette affaire vis-à-vis de la presse. Par ailleurs, nous avions informé avec parcimonie le gouvernement français en nous abritant derrière le texte du Criminal Justice Act, la législation britannique anti-blanchiment, que nous n'avions violé en aucun cas. C'était du moins ce que nous soutenions. Et, pendant ce temps, que se passait-il en France ? Tracfin, la fameuse cellule vertueuse, avait gelé trente millions d'euros placés par le dictateur dans un compte de La Banque. À ce jour, ce pécule n'a jamais été restitué au Nigeria.

Toutes les bonnes âmes s'en plaignent, mais la réalité est assez crue : la moitié de l'argent blanchi dans le monde est réinvesti dans les pays émergents et participe à sa façon à la prospérité locale. En stoppant net ces investissements, on mettrait en danger la survie de ces pays. C'est aussi simple que ça. Mais qui oserait défendre ce point de vue ?

Quant à Mobutu, le grand ami de Chirac et de Mitterrand, aujourd'hui encore, aucun juge à Paris n'a pu localiser son magot. Pendant ce temps, Genève saisissait l'un de ses trente-deux comptes dans un établissement très chic de la ville, malgré les efforts désespérés de son avocat, Dominique Poncet, très bien introduit dans la haute société genevoise.

La célèbre affaire des frégates s'était conclue de même façon. Roland Dumas lui-même avait estimé à huit cents millions d'euros le montant des commissions versées dans ce scandale. Pourtant, à part Alfred Sirven, l'ancien numéro 2 d'Elf, et André Tarallo, l'ex-patron d'Elf-Afrique, qui avait trinqué dans cette histoire ? Pas grand-monde. Ah, si ! Une personne un peu malheureuse et pas très futée. N'écoutant que son cœur, ou presque, l'ex-maîtresse de notre flamboyant ministre des Affaires étrangères avait pris la décision la plus idiote des annales bancaires : Christine Deviers-Joncour avait rendu les deux millions d'euros de commissions versés sur son compte suisse à l'État français. Peut-on être plus sotte ? Cela ne l'a pas empêchée de subir un séjour en prison, un sanglant contrôle fiscal et un interminable procès à l'issue duquel elle a été condamnée. Au fond, rendre l'argent n'est jamais le bon choix.

Tandis que le type de la banque me tendait le formulaire d'ouverture du compte, je songeai aux arguments présentés sur leur site internet. On y annonçait la couleur : « Notre établissement a choisi la discrétion comme moyen de fidéliser sa clientèle. » Voilà une tournure d'esprit qui n'était pas pour me déplaire. D'autant que mes recherches à Paris sur les contrôles pesant sur ces cinq petites banques qui réussissaient à se faire oublier avec un certain talent s'étaient révélées très encourageantes. Il y avait certes au départ un point noir. Andorre bénéficiait de deux « co-princes ». L'un des deux était quelque peu connu : Nicolas Sarkozy. En tant que président de la République, et selon une tradition remontant au XIIIᵉ siècle, la gentille principauté était soumise à une tutelle en apparence étroite. Ça, c'était la théorie. La pratique réservait de bonnes surprises. De qui dépendait ma nouvelle Banca d'Andorra ? Pas du fisc français : aucune contestation sur ce point. Pas de la Commission bancaire non plus, puisque Andorre incarnait une sorte d'État miniature dont la constitution garantissait l'indépendance. En dernier ressort, la BCE, la Banque centrale européenne, aurait pu être concernée : en effet, l'euro était sur place la monnaie de référence. Cependant, rien dans les textes n'autorisait la BCE à contrôler une banque en particulier, ce rôle étant dévolu aux banques centrales des différents États. Cette principauté semblait donc avoir porté la notion d'indépendance au stade ultime, celui de vivre dans un trou ne relevant d'aucune législation connue. J'imaginais bien qu'un ministre français pouvait un jour passer un coup de fil aux présidents de chacune de ces cinq miraculées. Mais y aurait-il un juge sur place pour exécuter ses éventuelles menaces ? Dans ce cas, rien ne m'empêchait de transférer mon compte ailleurs. C'est ce que je ferais, pour peu que j'aie versé dessus assez d'argent pour exciter le fisc français. Mais, au-delà des petites combines destinées à planquer mes bonus, il me faudrait au moins faire un casse pour attirer à ce point l'attention !

J'ai donc signé le formulaire. Une idée m'était venue, dans l'avion, pour désigner le compte : Marx Brothers. Pourquoi cet intitulé loufoque ? Je m'étais souvenu de l'auteur du *Capital* et de l'une de mes conversations avec Mandy, cet été, quand elle me parlait des « brothers quelque chose ». En tout cas, c'était une remarquable idée.

Mais je ne le savais pas encore.

20

Leçons d'histoire

Ce soir-là, j'avais décidé de rentrer tôt. Je n'en pouvais plus de La Banque, de toutes ces menaces qui grondaient au-dessus de nos têtes. Krach ou pas krach ? Chez nous, on ne parlait plus que de ça, comme pour mieux se convaincre qu'il ne pouvait rien nous arriver.

Et puis, j'avais envie de voir ma fille que j'avais négligée ces derniers temps… Isabelle était invisible, et Chloé chattait sur internet. Comme d'habitude.

« Tu es toute seule ?

– On est lundi, papa : t'as remarqué ?

– Et alors ?

– Le lundi soir, maman va à son cours de théâtre !

– Ah bon ?

– Je crois qu'elle nous prépare une surprise… Un spectacle. Ce serait poilant, de voir maman sur scène, non ? »

Poilant ? Le terme est assez éloigné de notre vocabulaire. J'imaginais avec quelque difficulté mon épouse, grande bourgeoise parmi les nanties, déclamer son texte d'un ton monocorde ou emphatique… Décidément, Isabelle et moi n'avions plus grand-chose en commun. À part notre fille.

« Ça te dirait, de sortir dîner avec moi ?

– Papa, y a école demain… J'ai mon premier contrôle d'histoire.

– Tu veux que je te fasse réciter ? »

C'est comme ça que le déclic est venu. En écoutant Chloé me parler d'histoire.

« En 1685, la révocation de l'édit de Nantes par Louis XIV fait disparaître les églises réformées en France et contraint… les protestants à la clandestinité… ou… Je sais plus !

– Ou à l'exil. Tu sais, on dit que la révocation de l'édit de Nantes a été la plus grosse erreur de Louis XIV. Les protestants avaient interdiction de fuir, mais comme c'était ça ou mourir… Y en a 300 000 qui ont eu le courage de partir. Des gens qui avaient de l'énergie, de la détermination. Ils ont émigré un peu partout, jusqu'en Afrique du Sud et en Amérique, et ils y ont fait fortune.

– C'est dans le livre ?

– Non, ma chérie, mais je t'explique comment sont nés les meilleurs banquiers du monde !

– Tu sais, tout ça c'est si loin ! Ça me rase un peu… J'ai juste envie d'une bonne note, et puis c'est tout ! »

Chloé a continué à me réciter sa leçon mot à mot et j'ai fini par comprendre ce qui n'allait pas, dans cette histoire.

Mes souvenirs scolaires étaient un peu plus détaillés. Ils me revenaient en écoutant distraitement ma fille. Notre professeur d'histoire nous racontait comment tous ces protestants en fuite avaient finalement réussi en acceptant de s'occuper de l'argent des autres, ce que personne ne voulait faire à leur place.

En fin de compte, ce sont eux qui avaient jeté les bases de la banque moderne. De leur côté, les juifs n'avaient pas fait autre chose. À leur façon. Cantonnés dans les petits négoces, ils avaient peu à peu développé leur activité en faisant crédit à leur clientèle. Ils avaient fini par changer de métier en transformant leurs échoppes en banques.

Cette rivalité entre banques protestantes et banques juives s'était amplifiée durant des décennies, incarnée par la fameuse phrase de John Pierpont Morgan, le fondateur de J.P. Morgan : « Laissons le petit négoce de la finance aux juifs. » Tout était dit sur les relations qu'ont longtemps entretenues ces financiers entre eux. Il est vrai que depuis toujours, en Amérique, la lutte était féroce. D'un côté, une certaine élite protestante, les WASP (*White Anglo-Saxon Protestants*), tenaient l'industrie, le rail, le pétrole et l'acier. À cause de leur arrogance, ils sont finalement passés à côté d'un nouveau marché très lucratif, celui des montages financiers en tout genre, y compris les fusions-acquisitions. Les premiers banquiers juifs à en profiter furent les frères Lazard qui donnèrent leur nom à une maison devenue mythique, dirigée ensuite pendant cinquante ans par la famille David-Weill. À leurs côtés, à la fois complices et concurrents, avaient surgi les Goldman Sachs et les Lehman Brothers.

La bagarre faisait aussi rage à Genève. Là encore, les protestants, majoritaires, s'étaient longtemps imposés : Lombard-Odier, Bordier ou Mirabaud attiraient les grandes fortunes du monde entier. Quelques grandes familles juives résistaient bien au travers d'établissements discrets comme la très prospère banque LCF Rothschild, dirigée à distance par le fils du baron Edmond, ou la secrète Julius Baer, par exemple.

Par rapport à Genève où les rapports de force étaient assez policés, j'avais été frappé, à New York, de découvrir, dans certains clubs ultraprivés de banlieues cossues, une forme de ségrégation religieuse d'une rare violence : ces clubs excluaient tous les « étrangers » comme ils les appelaient, qu'ils fussent « noirs, asiatiques ou juifs ».

C'était un monde brutal où, derrière l'hypocrisie des bonnes manières, on adorait se faire des mauvais coups. J'avais mis un moment à comprendre la nature d'une banque d'affaires. C'était l'exact opposé d'une banque de dépôts comme la nôtre. En vérité, ce microcosme grouillant d'intrigues abritait en général une sorte de gang de caractériels en rivalité perpétuelle. L'objectif consistait à marier à tout prix des entreprises et à spéculer sur n'importe quoi : actions, obligations, immobilier, or, matières premières... Mes collègues de ces terribles banques privées américaines surpassaient La Banque sur un autre point : n'étant pas cotés en Bourse, ils réussissaient à ne rendre de comptes à personne. Bien joué !

Au fond, la plupart de ces gens se détestaient. La lutte des testostérones est permanente, et à ces hauteurs, le combat des ego atteint des sommets. Je savais ainsi que le secrétaire au Trésor, le désormais fameux Henry Paulson, ex-PDG de Goldman Sachs et premier goy à avoir dirigé la banque depuis sa création, ne pouvait rester dans la même pièce que Richard Fuld. En fait, les flingues sont toujours restés sur la table. Entre protestants et juifs. Entre banques d'affaires concurrentes. Et entre PDG mégalomanes.

À cet instant précis, j'ai compris, en regardant Chloé refermer son livre d'histoire, que la messe était dite : Goldman Sachs allait vendre à découvert les actions de Lehman et si une crise de liquidité les touchait, le ministre des Finances américain les flinguerait ! Paulson devait penser qu'en provoquant une crise il allait la contrôler. Rationnellement, ce choix lui offrait deux avantages : d'abord, une occasion d'en finir une bonne fois avec son ennemi mortel, ensuite une stratégie permettant de limiter les dégâts au niveau des autres banques. Son calcul : éviter que le feu ne se propage à tout le système.

En voulant éviter un krach, ce type allait le déclencher…

J'avais un peu d'avance sur les autres. Qu'est-ce que j'allais en faire ?

21

L'humiliation

J'étais euphorique en revenant à La Banque. Tout le puzzle s'était mis en place dans ma tête. Hummler, Mandy, Kravis et Chloé, tout me paraissait évident... Paulson allait sacrifier Lehman, ça n'était plus qu'une question de jours. On avait encore le temps de limiter la casse. J'allais sortir La Banque d'une sacrée panade... Et tirer les marrons du feu. Ça méritait bien une petite prime. Pourquoi petite ? Ce que je m'apprêtais à faire méritait plus qu'une prime : une distinction. Voire une promotion !

Je n'étais pas encore assis dans mon bureau que le téléphone s'est mis à sonner. C'était Martine, la secrétaire de Numéro 1. Le président voulait me voir. Tout de suite.

J'aurais dû m'en douter. Il avait forcément eu accès aux mêmes infos que moi. Il se gargarisait tellement de connaître tout le monde... « J'ai vu Ernest-Antoine hier, il avait une sale gueule ! François est un ami... Ce pauvre Daniel, il aurait dû relire son texte avant de bafouiller au 20 heures... » En une seconde, le cœur de l'establishment parisien en avait pris pour son grade : Sellière, Pérol, Bouton... Numéro 1 était le champion du *name dropping*, mauvais comme une teigne avec ceux qui trébuchaient, et forcément obséquieux avec les puis-

sants. D'avance j'étais presque déçu. Je n'aurais rien
à faire, hormis lui confirmer qu'il ne m'apprenait pas
grand-chose. Avec un peu de chance, ça l'agacerait.

Quand je suis arrivé devant ses bureaux, il était en
train de se défouler sur son assistante.

« Martine, je vous ai déjà dit que ces écrans plats
ne marchaient pas ! Appelez-moi l'imbécile de
l'informatique ; je ne comprends rien à tous ces
branchements… »

Il m'aperçut et stoppa net ses récriminations tout
en gardant son air renfrogné.

– Entrez, Damien ! je suis vraiment entouré
d'incapables, fulmina-t-il en me regardant fixement.
Ces installations qui nous ont coûté une fortune
n'ont jamais marché. Quand je pense que la dernière
fois que j'ai vu cet abruti, il est venu me demander
une prime !

– Bonjour Monsieur, je voulais justement vous
voir.

– Vous avez lu la presse ?

– De quoi parlez-vous ?

– Peu importe, il est partout !

– Qui ?

– Peyrelevade, évidemment ! Vous allez voir qu'il
va nous donner des leçons d'économie, maintenant !
Vous avez feuilleté son bouquin ? »

Évidemment non. Pas plus que Numéro 1, en tout
cas. Le livre était sorti fin août dans l'indifférence
générale. « Sarkozy, l'erreur historique », ça ressemblait trop à de la polémique à la petite semaine. Cet
ancien patron du Crédit Lyonnais s'était lancé en
politique, d'abord aux côtés du PS, maintenant au

Modem. Son livre faisait l'objet d'une critique plutôt salée dans *Le Monde* de la veille. J'étais prêt à parier que, dans quelques instants, Numéro 1 allait paraphraser l'article d'un ton sentencieux… Gagné !

« Non, la vraie question, c'est "qui doit payer ? " pour sortir de ce merdier. Peyrelevade s'est acharné sur Sarkozy sans réfléchir. Un donneur de leçons, voilà ce qu'il est devenu ! Quoique déjà, à l'époque du Lyonnais…

– Vous vouliez me voir ?

– Oui, je suis inquiet, Damien. En fait, je suis inquiet pour vous.

– Pardon ?

– Depuis la réunion de l'autre jour, je découvre que nos problèmes sont plus graves que ce que vous avez voulu m'en dire jusque-là… C'est contrariant.

– Je ne vois pas bien à quoi vous faites allusion.

– Marseille, par exemple. Cette histoire d'investissement immobilier est un gouffre. D'ici à ce que le fonds américain se casse la gueule… Vous avez vu ce qui est arrivé, ce week-end ? Freddy et Fanny sous tutelle de l'État : vous voyez de quoi je veux parler ? Ça va mal, Damien, et vous ne tenez pas le cap !

– Je crois me souvenir que c'est vous qui êtes allé passer le week-end à Marseille au moment de la prise de participation. Vous aviez été invité à fêter la troisième étoile du cuisinier, là : Gérald… Passédat ?

– Voilà, je vous parle stratégie et vous me répondez cuisine ! On voit tout de suite que vous avez placé la barre très haut. Ça ne vous grandit pas, mon petit Damien ! Et si l'on vous parle de la Chine, vous allez nous sortir un bol de riz ? »

Je n'ai pas pu m'empêcher de réagir :

« Très amusant ! Pour la Chine, nous en avions parlé en réunion. Vous vous souvenez ?

– Je vous en prie, faites attention à votre ton. Ça risque de ne pas m'amuser bien longtemps. »

Il était temps de fermer ma gueule. Le Vieux était chaud comme la braise. Je me demandais bien pourquoi.

« Je voulais vous voir à propos de Lehman. Je suppose que vous avez été informé de ce qui va se passer ?

– Qu'est-ce que vous allez encore nous sortir de votre manche ? Un nouveau krach ?

– Eh bien, justement, il semblerait que Paulson soit sur le point de lâcher Dick Fuld.

– "Dick" Fuld ! J'avais oublié que nous avions un grand spécialiste des États-Unis à la direction ! Donc, Lehman Brothers est sur le point de couler, c'est ça ?

– J'en ai peur.

– Alors, écoutez-moi attentivement, Damien. Ici, tout le monde en a ras-le-bol, de vos prédictions à la noix. Vous démotivez les équipes, vous inquiétez le directoire… On s'en fout complètement, de vos fantasmes de crise mondiale. Y a assez de travail à faire, il faudrait peut-être que vous commenciez à retrousser vos manches, au lieu de prendre vos grands airs…

– Je ne suis pas sûr d'être le seul à…

– Le seul à quoi ? À ne rien branler, ou à annoncer la fin du monde ? »

Numéro 1 passait les bornes. Je commençai à me douter de ce qui s'était passé. Notre cher président avait dû recevoir un coup de fil gênant et il se défoulait sur le premier venu capable de lui tenir tête comme un benêt : moi. Je décidai de déplacer la discussion sur un autre terrain.

« Vous avez vu les dernières propositions de communiqué de presse ?

– Il faut bien que je relise tout, avec cette nouvelle dir-com qui n'a rien compris à l'esprit de la maison.

– Elle est là depuis quinze jours, on peut peut-être lui laisser une chance ?

– Faites comme vous voulez. Le problème n'est pas là. Je ne comprends pas comment vous avez pu à ce point laisser filer la situation, depuis quelques mois.

– Je ne vois même pas de quoi vous voulez parler.

– Je crois que si.

– La question a été évoquée. On a rappelé que vous aviez été informé de tout.

– Et AIG, c'est moi aussi, peut-être ?

– Il me semble.

– Ah, vous avez une bonne vie, n'est-ce pas ? Un titre ronflant, un salaire inespéré, une petite famille… Rien à dire, du sur-mesure pour vos ambitions !

– Vous voulez en venir où, exactement ?

– Vous savez, mon cher, il y a peut-être des raisons pour lesquelles je suis dans ce fauteuil… Et pour lesquelles, je vais vous faire une confidence, vous n'y serez jamais ! Je sais que vous avez toujours été fasciné par les ultrariches, mais tout ça, au fond, est très loin de vous.

– Je crois qu'on va s'en tenir là, si vous le voulez bien.

– Vous avez raison, Damien, je crois que vous allez finalement vous en tenir là ! »

22

Changement de programme

En sortant du bureau de l'autre con, je n'avais qu'une envie : fracasser tout ce qui me tomberait sous la main. J'ai foncé vers les toilettes pour me rafraîchir les idées. La tête calée sous le robinet d'eau froide, j'ai commencé à me calmer. J'ai respiré à fond et suis ressorti. Pas question de rentrer tout de suite à la maison comme je l'avais promis à ma fille. Chloé se consolerait avec sa mère. De toute façon, ça faisait longtemps qu'elle se débrouillait toute seule. J'avais envie d'aller boire comme un ivrogne plein aux as. À moins que… ?

J'appelai Mandy pour me remonter le moral. Miracle ! Son portable était branché. Deuxième miracle : elle était à Paris pour deux jours. Seule contrariété : elle avait déjà planifié sa soirée. J'étais déçu. Elle le sentit et me proposa alors de passer tout de suite au Bristol, le palace du Faubourg-Saint-Honoré. Pour boire, ou pour baiser ?

Visiblement, Mandy se contenterait de prendre un verre. C'était la première fois que je la rejoignais là-bas. Ma jolie tarifée m'attendait dans un salon jouxtant le hall d'entrée, croisant haut les jambes au fond d'un immense fauteuil club. Elle semblait toute joyeuse et m'accueillit en me serrant dans ses bras. Un réflexe inhabituel chez cette grande voyageuse qui-n'embrassait-jamais-sur-la-bouche. Peut-être avait-elle compris que je n'étais pas dans mon assiette ?

Elle me fit la conversation, le temps que je reprenne mes esprits.

« J'adore cet endroit. Tu sais qu'il y a ici la plus grande concentration de filles de la capitale ? Mais attention : le haut du panier. La crème de la crème ! Ni réseau, ni botox, ni julot. On paie nos suites au prix fort. En échange, le personnel nous laisse tranquilles.

– Tu veux dire qu'ici tout le monde est au courant de vos activités, c'est ça ?

– Bien sûr. Je me souviens de Jean-Louis, le directeur... Il y a quinze ans, il s'arrachait les cheveux. Les Russes commençaient à débarquer avec leurs manières de ploucs, leurs malles bourrées de dollars et de vodka. Les filles étaient vulgaires, elles couinaient toute la journée en faisant des caprices. J'avais honte, je craignais d'être assimilée à ce genre de pouffiasses. D'ailleurs, les habitués du Bristol étaient consternés et menaçaient de partir... Et puis il y a eu 2001.

– C'est-à-dire ?

– Tu sais bien, quand même ! Les Américains ont déserté Paris. Les grands hôtels se sont couchés devant tous les nouveaux riches de la planète à coups d'offres promotionnelles. Il n'y avait plus qu'eux pour faire tourner les palaces. Le Bristol s'est résigné, comme les autres. »

La vérité est que nous aussi, dans La Banque, nous avions foncé tête baissée vers le fric, à ce moment-là. Nous aussi, nous avions fait des offres promotionnelles et des cadeaux en tout genre. Sauf qu'à la différence des palaces les banquiers ont toujours été ravis de bouffer à tous les râteliers.

« Comment t'as fait ? Tu t'es mise au russe ?

– Sûrement pas ! Je ne suis pas assez blonde pour eux. J'ai continué à taquiner les Saoudiens, tout en m'éloignant de Paris. En fait, j'ai eu raison. Les Russes ne respectent pas les règles. Ils ne traitent pas bien les filles et discutent toujours les prix. »

Quand Mandy me parlait de l'éthique de son métier, ça me rappelait des souvenirs… Au fond, elle adorait son boulot. Pour elle, il s'agissait d'une prestation qui ne souffrait pas la médiocrité. Pas de laisser-aller ni de service bâclé. Pour satisfaire les clients, elle misait sur son savoir-faire et ses dessous de soie. Cette fille avait l'impression de porter haut les couleurs des call girls du monde entier ! United Colors of Sex. Et voilà ! Je bandais.

« Et tu les fais venir ici, tes… patients ?

– Tu rigoles ! Ici, je dors et je me repose. Tu sais, dans mon métier, on ne « fait venir » personne. On se déplace et on sourit en veillant à ne pas provoquer d'esclandre. Le plus souvent, je vais bosser au Ritz ou au Crillon, comme tout le monde.

– Dans ce cas, je serais donc un client… pas comme les autres ?

– Tout à fait ! D'ailleurs, si j'appliquais le tarif que je te fais à toutes mes interventions, je pourrais mettre la clé sous la porte… »

J'ai failli m'étrangler en avalant mon mojito. Cette fille avait un sacré culot. Chacune de nos soirées me coûtait au moins deux smics. J'osais à peine imaginer ce qu'elle demandait aux autres.

« Viens avec moi. J'ai quelque chose à te montrer.

– On va dans ta chambre ?

– T'excite pas ! On va juste faire un tour là-haut ! »

Mandy m'entraîna vers l'ascenseur. Une fois arrivés au dernier étage, nous avons buté sur une porte à double battant qu'elle a ouvert avec un passe-partout sorti miraculeusement de sa poche. Nous avons pénétré dans un espace hors du temps, chaud et moite. Une cabine de bateau géante, bardée de bois vernis, décorée de hublots et de rambardes en cuivre. De grandes baies vitrées donnaient sur les lumières de Paris tandis qu'une immense fresque recouvrait le mur du fond : des voyageurs à la proue d'un navire, désignant un cap couvert de pins. Au milieu de cet espace, une piscine flottait en plein ciel. J'étais bluffé.

« Tu ne connaissais pas le *Swimming Space* du Bristol ? Regarde le tableau : c'est le Cap d'Antibes. Tu sais pourquoi ? »

J'aurais été bien incapable de répondre. J'écoutais, dégustant ce moment interdit comme un adolescent.

« Le propriétaire du Bristol est un Allemand très riche et très amoureux de la France. Au début, il a commencé par investir dans deux palaces, le Bristol, à Paris, et l'Eden Roc, au Cap d'Antibes. La fresque est un petit clin d'œil aux voyageurs. Sûrement pour leur donner envie d'aller dépenser leur argent dans le Midi ! »

Je me suis assis près de la piscine. Mandy regardait Paris, l'air songeur.

« Tu sais, Damien, *I think I will retire*. Du circuit, *I mean...* »

Mandy avait utilisé le mot anglais « *retire* » qui, dans sa bouche, évoquait autant l'idée d'un coït interrompu que celle d'un départ en retraite.

« Qu'est-ce qui te prend ? Une baisse de moral ?

– Pas du tout. J'y pense depuis quelques jours. Depuis que j'ai soldé tous mes comptes, en fait. Qu'est-ce que je dois faire de mon argent ? Le placer encore une fois, au risque de tout perdre si mes clients ont raison et que la Bourse se casse la gueule ? Il y a des signes qui ne trompent pas. En ce moment, vous êtes tous nerveux, l'esprit ailleurs, et vos performances s'en ressentent... Je sais de quoi je parle ! Au fond, j'ai trente-trois ans, je me suis bien amusée, c'est le moment de passer aux choses sérieuses... »

Décidément, cette fille me plaisait. Qui d'autre pourrait parler de son métier avec autant de légèreté et de gravité à la fois ? Je ne pouvais croire qu'elle se fût tant amusée à rejoindre sur commande des clients plus exigeants les uns que les autres.

« Je sais ce que tu penses. Mais tu te trompes. Quand l'argent te tombe du ciel par liasses entières, la vie est plus facile. Tu te laisses porter, et tu profites de tout. Et tu sais quoi ? Plus les hommes paient cher, moins ils consentent à abîmer la marchandise. La vérité, c'est qu'on m'a toujours traitée comme une princesse.

– Je n'en crois rien !

– Ceux qui ne l'ont pas fait, je les ai déjà oubliés. C'est ça, le secret du bonheur, non ? »

Une pute qui philosophe, un comble ! J'ai commandé un autre verre en laissant Mandy me bercer avec son bavardage superficiel. Au fond, je l'enviais. Pour moi aussi la vie aurait dû être facile. Je me souviens qu'en sortant de ma petite école de commerce j'avais juré de m'échapper de cette course du rat avant quarante ans. Je n'avais pas tenu parole. Pourquoi ?

« Au fond, on en veut toujours plus. Jusqu'au jour où il est trop tard. Tu vois ce que je veux dire ? »

Je voyais très bien. Après la scène dans le bureau de Numéro 1, je savais que, maintenant, ça allait tanguer. En même temps, j'étais pris de vertige à l'idée de quitter tout ça...

« Je vais m'installer en Amérique du Sud.

– Et tu vas te marier avec un milliardaire, comme tes copines qui retournent leur veste pour faire une fin ?

– Mais non, Damien, c'est complètement ringard ! Non, je vais investir dans la pierre, je vais acheter une belle maison, inviter des *toy boys* à danser la *bachata*. Jusqu'au jour où je tomberai vraiment amoureuse.

– Tu ne l'as jamais été ?

– Jamais. C'était pas compatible avec le métier, tu comprends ça ?

– Difficilement. Moi, je tombe sans cesse amoureux.

– Ah bon ?

– Je plaisante... »

Mandy avait raison. Il suffisait de partir la tête haute avant de se faire éjecter du circuit. C'était vrai pour moi aussi.

« Mais tu as de quoi vivre ?

– Tu sais, avec mes princes, j'étais sous le jet d'eau. Je n'avais qu'à tendre un seau, et les dollars pleuvaient. Une goutte dans un océan d'argent liquide. Un peu de cash pour faire du shopping, quelques billets pour aller jouer au casino, de la fraîche pour les rejoindre au bout du monde… C'est comme ça que j'ai pu tripler mon salaire. Enfin… mes récompenses pour services rendus. »

C'était si simple… et je n'y avais même pas pensé jusque-là ! Quel imbécile ! Le jet d'eau. Mettre un récipient là où ça coule : à la source… C'était si simple !

« Mandy, tu es géniale ! »

23

Le déclic

C'était un étrange moment dans notre histoire. J'avais l'impression que ma relation avec Mandy était en train de basculer. Elle allait quitter le métier… et moi avec. Ça me faisait bizarre.

Je suis redescendu au bar pendant qu'elle est allée se changer dans sa suite. Son rendez-vous ne patienterait pas très longtemps.

Mon portable s'est soudain mis à vibrer. L'appel venait de Suisse. Konrad Hummler avait l'air pressé.

« Damien, je sors de chez Kovacs. Dites à votre président qu'il va devoir se mettre au régime. »

Encore cette histoire de directive. Avec ce dingue de commissaire européen chargé de la fiscalité, ce Lazlo Kovacs, on n'était pas sorti de l'auberge ! Ce haut fonctionnaire international avait fait de la lutte contre la dissimulation de l'épargne le but ultime de son existence. Depuis trois ans, certains pays soucieux de préserver le secret bancaire avaient accepté le principe d'une fiscalité forfaitaire, prélevée à la source, sans révéler l'identité des détenteurs de comptes. La France et l'Allemagne se battaient pour faire tomber le système, et Angela Merkel avait marqué un sacré point, au début de 2008, en pointant du doigt ceux de ses compatriotes qui avaient planqué leur fortune au Lichtenstein.

« Kovacs va réussir à faire tomber le secret ?

– Non, on devrait parvenir à tenir encore quelques années. Le problème, c'est qu'on va devoir lâcher quelque chose à Bruxelles. Lazlo l'annoncera bientôt. Ils vont combler les lacunes de la directive en réintégrant les personnes morales dans le champ d'application de la nouvelle réglementation. En clair, tout le monde, y compris les fiduciaires et les fondations, devra payer plein pot pour avoir le droit de continuer à venir chez nous.

– Je vois. On a intérêt à s'organiser en allant voir ailleurs, c'est ça ?

– Singapour, mon vieux. Tout va se passer à Singapour, dans les années qui viennent !

– Et l'Andorre, vous en pensez quoi ?

– Rien. Les banques sont trop petites. Ça n'intéresse personne. Mais c'est peut-être pas une si mauvaise idée, en y réfléchissant. Quoique j'aie entendu dire que Sarkozy voulait y mettre son nez…

– Je m'en souviendrai, Konrad. Merci d'avoir appelé.

– Je vous laisse. C'est la fin de l'entracte. Je dois retourner dans ma loge.

– C'est quoi, la pièce ?

– Du théâtre ? Vous plaisantez ? Il n'y a que deux choses qui valent la peine de sortir le soir : Jean-Sébastien Bach et un Mouton Rothschild 1961. Vous en êtes d'accord ?

– Presque. Embrassez tout le monde pour moi ! Bonne soirée, Konrad ! »

J'ai raccroché en me disant que j'avais de la chance. Tout ce qui faisait le charme de notre profession allait s'écrouler au moment précis où je quitterais la scène. Un comble !

Mandy me fit un signe. Elle était prête à partir et se tenait dans le hall du palace, emmitouflée dans une fourrure bleu-gris.

« Je dois y aller, maintenant, Damien. Mais, si tu veux, tu peux rester dans ma suite. Je ne suis pas sûre de rentrer, mais tu y seras tranquille.

– Je ne sais pas, j'ai des trucs à faire sur internet.

– Mon ordinateur est sur le bureau. Le code, c'est icare 34. La connexion Wi-Fi est excellente. Fais comme chez toi. »

J'ai tourné en rond cinq minutes, hésitant. Ne pas rentrer à la maison était tentant… Je suis monté dans sa suite. En ouvrant la porte, j'ai eu un choc. Composée d'une vaste chambre avec deux salles de bains, complétée d'un grand salon, d'un bureau et d'une petite cuisine, la suite donnait sur une terrasse. Comment faisait-elle pour payer tout ça ? Elle avait peut-être passé un accord avec l'hôtel sous forme d'échange-marchandise ? Cette idée me fit sourire. Le Bristol ne ressemble pas vraiment à un hôtel voluptueux. Classique, irréprochable, voire un peu raide, tels sont les adjectifs qui lui conviendraient mieux.

Je m'installai à son bureau sur lequel trônait un Apple dernière génération. J'allai fouiller dans mes mails, à la recherche d'un message très particulier. Il provenait du back office et m'avait été balancé par la sécurité, la semaine précédente. Voilà. J'y étais. Sur l'écran apparurent les nouveaux codes d'accès, ces codes changés sur mon ordre après le départ des deux traders. Bingo ! Grâce à eux, j'allais pouvoir naviguer en toute liberté dans les entrailles de La Banque... notamment à l'intérieur du back office.

Je commençais à entrevoir le tour de passe-passe qui me permettrait de dévaliser la maison. Je voulais profiter d'un swap de change, ces contrats en deux parties qui permettent d'emprunter dans une devise pour se faire rembourser dans une autre, en pariant sur la variation de cours des monnaies. Grâce à cet instrument, La Banque échange de l'argent pour un montant négocié à l'avance, dans une monnaie donnée, à un taux et pour une durée déterminés. Multiplié à l'infini, ce petit jeu entre banques peut faire gagner – ou perdre – de grosses sommes. Chaque jour, ce sont des dizaines, voire des centaines de milliards de dollars, d'euros ou de yens qui s'échangent d'un bout à l'autre de la planète. Un casino géant à la portée de n'importe quel trader de base.

Grâce à ces merveilleux codes, je suis entré dans notre système informatique pour examiner la liste des swaps de change en cours. Chaque soir, les ordinateurs nous signalent ceux qui vont arriver à maturité. Au total, une bonne centaine de milliers de transactions par jour, conclues avec une trentaine de banques de par le monde. De quoi devenir fou au cas où notre système informatique se planterait.

Heureusement, le cœur de notre activité bénéficie de plusieurs doublures en cas de panne ou d'attaque des réseaux. Jusqu'au jour où un attentat terroriste nous démontrera une nouvelle fois notre fragilité. J'écumai les listes à toute allure. 10 septembre, 11 septembre, 12 septembre... Je décidai

Le déclic   171

de trier les swaps par ordre de grandeur. Mon idée était de m'en choisir un supérieur à 200 millions d'euros. Ce vol à main armée devait me permettre de vivre dignement pendant plusieurs générations. Je visai une somme importante sans être extravagante, pour éviter que La Banque se sente obligée de porter l'affaire sur la place publique. Depuis les 5 milliards évaporés de Kerviel, qui pouvait être impressionné par 200 millions d'euros ? Pas les médias, j'en étais sûr. Seule la surenchère excitait l'attention du public.

Ma théorie était assez simple : dans les jours qui allaient suivre, une banque sauterait. C'était mathématique. Beaucoup de rumeurs désignaient Merril Lynch, mais j'étais bien placé pour savoir que ce serait Lehman Brothers. Il me restait à deviner la date exacte de la faillite. Vraisemblablement entre le 12 et le 18 septembre, si l'on suivait avec attention la courbe descendante de l'action et la multiplication des bruits de couloir. Ensuite, c'était comme à la roulette. Pour faire tapis, il n'y aurait qu'un seul nombre gagnant. Il me fallait tout miser sur la bonne date et subtiliser au passage un swap descendant de La Banque vers Lehman. L'argent partirait bien de chez nous, mais, en chemin, le transport de fonds virtuels serait détourné : il tomberait dans mon escarcelle avant d'arriver à destination.

Au moment de la faillite de la banque de Fuld, tout son système d'alerte serait instantanément grippé. Et le changement de destinataire pourrait mettre plusieurs semaines, voire des mois à être découvert. Le temps, pour moi, de disparaître.

La difficulté serait de tromper les systèmes de surveillance de La Banque au moment de modifier l'identité du destinataire. Tout était automatisé, sécurisé, vérifié toutes les heures, et validé par les équipes d'Étienne, au back office, lesquelles devaient rendre des comptes au responsable de la sécurité. C'est-à-dire à moi.

Je devais pouvoir trouver une solution.

J'ai pris des notes codées dans mon calepin, histoire d'avoir des repères entre les dates de swap et les sommes en jeu. La situation commençait à m'exciter sérieusement.

J'ai éteint l'ordinateur. La tête me tournait. Trop d'argent, trop d'adrénaline, trop de plaisir à l'idée de les ridiculiser tous.

24

Au cœur de Bercy

De la salle à manger privée de Bercy on assistait au défilé des bateaux-mouches. Leurs projecteurs éclairaient violemment la façade en verre du ministère édifié vingt ans auparavant, en dépit de toutes les résistances, par la volonté de Mitterrand, pour débarrasser le Louvre.

Je peaufinai certains détails de ma stratégie en attendant mon hôte. Il fallait que je trouve un moyen de déjouer la surveillance du back office au moment de détourner le swap de change. Parce qu'il y avait un os, et pas des moindres : en sus des contrôles informatiques automatisés, on vérifiait visuellement les noms des destinataires des virements. Il fallait éviter que l'intitulé de mon compte en Andorre attire leur attention. J'avais besoin d'une solution. Et vite !

J'avais rendez-vous avec le directeur du Trésor, notre autorité de tutelle, qui se faisait désirer. Initialement fixé à 20 h 30, notre dîner, à la suite d'une conférence improvisée avec un collaborateur de Paulson, avait été déplacé une première fois à 21 heures. Puis une seconde fois à 22 heures. Ces retards successifs m'horripilaient, mais, si on n'acceptait pas la règle du jeu, il ne fallait pas essayer de rencontrer ce genre de personnage. On était le mercredi 10 septembre, et le krach était imminent. L'agitation autour de Fuld gagnait chaque jour en intensité. Et puis il y avait un indicateur qui ne trompait pas : le *spread* – l'écart constitué de la différence entre le taux auquel la Fed prête de l'argent aux banques et celui que les banques s'appliquent entre elles – montait en flèche. Autrement dit, la défiance s'installait entre les grandes maisons de Wall Street. Tout le monde anticipait : la foudre ferait au moins un mort. Sans qu'on sache qui.

L'homme qui se faisait attendre, Xavier Musca, était l'un des pontes du ministère. Il appartenait au cercle magique du moment, celui des inspecteurs des finances qui tenaient l'État : Pérol à l'Élysée, Richard à Bercy, Gosset-Grainville à Matignon. J'avais provoqué cette rencontre parce que je savais que mon président, lui aussi membre de la confrérie, l'agaçait depuis longtemps. Cela me laissait l'espoir que ma démarche inamicale resterait discrète. Mon but était de balancer la situation de La Banque telle qu'elle m'apparaissait de plus en plus nettement, surtout depuis notre « réunion de maquillage » des comptes. En le mettant en garde, je confortais sa position vis-à-vis de sa ministre, Christine Lagarde, grande avocate, mais piètre politique. Et, avec un peu de chance, je pourrais apparaître comme un homme d'avenir. Bien que membre de la basse caste, il pouvait se révéler utile, un jour, de nommer un outsider dans mon genre.

« Je suis désolé, nous avons eu un *meeting* imprévu… »

Je hochai la tête, compréhensif. Ce n'était pas le moment de faire le délicat. Deux serveurs venaient d'entrer, l'un chargé d'un Léoville-Barton de bon augure, l'autre d'une terrine de saumon en mille-feuille. Musca hocha courtoisement la tête pour les remercier, attendant en silence qu'ils eussent quitté la salle à manger pour satisfaire sa curiosité.

« Alors ? Que pensez-vous de la situation ? »

Les grands serviteurs de l'État, je l'avais déjà remarqué, détestent les préliminaires.

« Je pense qu'elle est grave.

– Et…

– … mon président ? Il me trouve pessimiste.

– Il a toujours préféré faire l'autruche, grinça Musca. Déjà, du temps du Crédit Lyonnais, il défendait Haberer bec et ongles. C'est aussi un camarade, mais il y a tout de même des limites… »

Je faillis lâcher un mot désagréable pour la sacro-sainte inspection des finances, mais je me suis retenu in extremis.

« Et chez vous ? »

Le moment de vérité arrivait beaucoup plus vite que prévu.

« Eh bien… On peut dire qu'on traverse quelques turbulences.

– Cher Damien, on est là pour se parler franche-ment !

– Il faut bien admettre qu'on a eu de mauvaises surprises, ces dernières semaines.

– Sur… ?

– La Chine. On va devoir recapitaliser notre filiale, là-bas.

– De combien ? »

Danger. N'étant pas un employé de l'État français, je n'étais pas censé me comporter en indic.

« C'est encore difficile à évaluer.

– Quoi d'autre ?

– Sur les trois fonds qu'on avait fermés durant l'été 2007, il nous reste une ardoise non négligeable… »

Là-dessus, le haut fonctionnaire ne posa pas de questions trop précises.

« … Et on a pris un pari, décevant pour l'instant, sur AIG, l'assureur…

– Je vois, me coupa le directeur du Trésor. C'était une drôle d'idée, non ?

– Le président y tenait beaucoup. »

Ma voix de fourbe était une complète réussite.

« Et… il y a encore beaucoup de bonnes affaires du même tonneau ? »

Le ton avait changé. Moins amical, plus tranchant.

« On avait aussi un peu investi en province avec un fonds américain, Oméga 34. »

Xavier Musca laissa échapper un ricanement.

« Un peu !?

– C'est une façon de parler.

– Et vous allez annoncer toutes ces pertes au marché ?

– C'est la question, en effet, dis-je d'un ton monocorde. On a eu une réunion sur ce sujet, la semaine dernière. Personnellement, je suis pour. »

On ne pouvait mieux désigner l'éventuel responsable du camouflage en cours.

« D'autant que je crains une secousse pour les semaines à venir.

– De quel genre ? »

Il était temps de se lancer.

« On me dit que Lehman pourrait sauter. »

Mon interlocuteur eut un mouvement de recul.

« C'est absurde !

– Je sais, mais il paraît que Paulson aurait prévenu un Saoudien très proche de la famille royale, il y a quelques jours… »

Le directeur du Trésor me fixa comme si j'étais frappé d'une bouffée délirante. L'idée que je pusse détenir une telle information lui paraissait manifestement sortie d'un épisode de *X-Files*.

« Vous croyez vraiment ? » Sa courtoisie masquait à peine son sentiment profond. « Pour revenir à votre situation, comment se présente la consolidation de vos comptes ? »

La question était admirablement formulée. Elle revenait à m'interroger sur le hors-bilan de La Banque et nos pratiques comptables.

« C'est une question délicate, dis-je pour gagner du temps. » Je ne m'étais pas préparé à aborder le sujet, ce qui témoignait d'une certaine imprévoyance. « Contrairement à nos confrères américains, nous n'avons pas abusé de ces instruments… »

La formule revenait à dire que nous n'avions pas de *Special Investment Vehicle*, ces SIV qui avaient permis à Lehman, Goldman Sachs et autres Merril Lynch de stocker, à côté de leurs bilans officiels, leurs paris les plus hasardeux. Depuis des jours, la rumeur courait que c'était du hors-bilan que pour-raient venir les problèmes.

« … donc, nous n'avons rien à cacher. Au moins sur ce plan. »

Le directeur du Trésor ne parut pas apprécier à sa juste valeur ce trait d'esprit.

« Et les filiales disons… exotiques ? J'apprécierais une réponse franche, Damien. »

Voilà qui n'était pas prévu.

« Je pense que vous avez tous les éléments d'appréciation, dis-je sans dissimuler un sourire. À mon avis, votre direction sait tout de nos succursales dans le monde entier.

– Ce n'est pas ce que j'attends, dit-il en s'inclinant vers moi d'un air menaçant. Pour le formuler plus clairement, avez-vous des pertes dissimulées dans des paradis fiscaux ? Ce n'est pas un crime, mais nous devons le savoir, c'est tout. »

J'hésitai une seconde. Jusqu'où pouvais-je aller ?

« Eh bien… écoutez, c'est une matière délicate, vous le savez fort bien…

– Damien ! »

Je laissai passer quelques secondes avant de lui lâcher un os à ronger.

« La réponse est oui, bien sûr.

– Où ?

– Honnêtement, sur ces sujets, c'est notre direc-teur financier qui est en relation directe avec la pré-sidence.

– Vous voulez dire… que vous êtes directeur géné-ral, mais que vous ne connaissez pas le chiffre ? »

Son entêtement commençait à m'agacer. Après tout, c'était moi qui étais venu le voir de mon plein gré.

« Honnêtement ?

– On peut toujours rêver… »

Décidément, il en prenait à son aise avec moi.

« Oui.

– Vous ne savez pas ?

– Non.

– C'est invraisemblable ! » lâcha-t-il en secouant la tête.

« Xavier, ça fonctionne comme ça, et vous le savez parfaitement.

– Et en Suisse ?

– Ce n'est pas là qu'on mettrait nos pertes. C'est surtout un moyen de fidéliser quelques-uns de nos clients…

– Quelques-uns ! répéta Musca d'un ton franchement sarcastique.

– Ce n'est pas pour vous une surprise, je pense. Vous nous surveillez depuis longtemps.

– On essaie.

– Vous n'avez pas votre Birkenfeld ? dis-je en le fixant avec insistance. »

Bradley Birkenfeld était ce dirigeant de l'UBS qui, un an auparavant, avait été coincé par l'IRS, le fisc américain, et contraint de collaborer. C'est lui qui avait révélé aux autorités le chiffre des Américains détenteurs d'un compte caché dans l'établissement : 52 000. Apparemment, plusieurs milliers avaient déjà été identifiés. Un jugement de la cour de Floride datant du mois de juillet venait d'obliger la banque suisse à balancer leurs noms sous peine de poursuites contre ses dirigeants. D'après notre directeur financier qui m'avait raconté l'histoire, ceux-ci n'en menaient pas large.

« Nous n'utilisons pas ce genre de méthodes, mon cher », rétorqua le personnage clé du ministère avec un demi-sourire.

Le tour que prenait la conversation me donna tout à coup une idée.

« De toute façon, vous savez, on fait très attention. D'ailleurs, nous n'avons pas d'implantations en d'autres endroits qui vous intéressent.

– Par exemple ? »

Le haut fonctionnaire retrouvait un ton plus convivial.

« Andorre. »

Autant profiter de l'occasion pour se renseigner sur la situation de mon nouveau pays d'accueil.

« Dommage pour vous, lâcha-t-il avec un rictus amusé.

– Ce qui signifie ?

– Que c'est un *vrai* paradis. En tout cas… pour l'instant.

– À ce point ?

– Oui. L'accord de coopération n'englobe pas clairement la fraude fiscale. Les modalités d'application sont floues. Et nous n'avons pas vraiment de correspondants sur place, parce que le chef du gouvernement de la principauté, un certain Pintat, est très pointilleux sur le sujet. Il a même fait ramener sans ménagement à la frontière un de nos agents, il y a quelques années, sous prétexte que sa mission n'entrait pas dans le cadre de nos accords.

– Je vois.

– Mais cela pourrait bientôt changer. Comme tout le monde sait, ils sont sur notre liste noire… »

J'avais bien choisi mon refuge, apparemment. C'était là une bonne nouvelle. L'argent serait en lieu sûr. La mauvaise, c'est que cette situation ne durerait pas éternellement.

Encore fallait-il que j'aie quelque chose à mettre à l'abri. Désormais, un seul objectif : réussir le casse de La Banque.

25

Le virement

« Dans combien de temps, la fermeture ?

– À peu près trente-cinq minutes, Damien.

– Alors, j'attends tout le monde dans mon bureau dès que c'est fini. Je compte sur vous. »

J'avais reposé le combiné en soupirant. Il fallait que j'aille me dégourdir un peu les jambes dans les couloirs pour faire baisser la pression. C'était vraiment une sale journée. Et ça ne faisait que commencer.

Je contemplai le désastre sans réagir. Après l'avoir redouté, annoncé, attendu même, j'assistais à l'amorce de notre chute en écarquillant les yeux, incrédule. Mais je ne ressentais plus rien. Je me trouvais devant un poste de commande dont aucun bouton ne répondait plus. Nous étions le vendredi 12 septembre 2008, à la veille d'un séisme qui allait laminer des centaines de milliers d'existences. Un krach, puisqu'il fallait bien l'appeler par son nom. Lehman Brothers, la cinquième banque américaine, était à l'agonie, mais personne autour de moi ne semblait comprendre ce qui se jouait. Les conséquences seraient pourtant inimaginables. Au mieux, une réaction en chaîne qui contaminerait tous les établissements financiers occidentaux. Au pire, une panique internationale. Dans les couloirs de La Banque, on chuchotait en marchant sur la pointe des pieds, avec des mines de circonstance. Toujours courageux, notre président allait s'éclipser, prétextant une réunion de crise au siège de l'AMF, l'Autorité des marchés financiers. Je n'ai pas osé le contredire. Les gendarmes de la Bourse sont bien trop mous pour s'agiter un vendredi après-midi. Et leur week-end à Deauville, alors ?

« On se revoit tout à l'heure ?

– Je repasserai sûrement très tard. Ça m'étonnerait que vous soyez encore là, mon cher. Ne vous en faites pas, j'ai eu un coup de fil qui m'a confirmé ce que je pensais : l'existence de Lehman n'est pas menacée. On attend un repreneur dans les heures qui viennent, et sinon…

– Sinon ?

– Paulson nationalisera. Vous voyez une autre solution ? »

La porte de l'ascenseur s'est refermée sur le dédain de Numéro 1. Je ne savais pas ce qui m'agaçait le plus, chez lui : son ton protecteur, sa façon de caresser amoureusement sa calvitie dès que le stress pointait, ou la chevalière un peu ringarde qu'il arborait au petit doigt. Le coup de fil qu'il prétendait avoir reçu ? Bidon.

À cette heure-là, le 12 septembre, personne ne savait en France ce qui allait se passer. Sauf moi.

Désormais, je n'avais plus aucun doute sur la façon dont j'allais opérer pour dévier l'argent sur son parcours entre La Banque et Lehman. Pour éviter d'attirer l'attention des gars du back office, ce n'était pas un, pas cent, mais bien tous les swaps débouclés au même moment qui devraient être siphonnés et balancés sur mon nouveau compte off-shore. J'appelai l'Andorre pour vérifier que le changement d'intitulé de mon compte, demandé la veille par mail, n'avait pas posé de problème. Bonjour, Madame, oui, c'est pour avoir une confirmation… Il n'y a plus personne chez vous ? Non, mais c'est on ne peut plus simple, je suis sûr que vous allez pouvoir vous en sortir… Voici mon numéro de code, les identifiants… Vous me rappelez ? Vous avez mon numéro sécurisé ? Je vous laisse faire.

Trente secondes plus tard, mon portable personnel se mettait à vibrer. Tout était OK. Mon compte ne s'appelait plus Marx Brothers, mais… Brothers Lehman. L'employée n'y avait vu que du feu. Et le gros client a toujours raison.

Ensuite, les différents superviseurs des salles de marché sont entrés dans mon bureau. Tout le monde s'est assis, l'air sombre. J'allais devoir jouer serré. Ne pas leur donner trop d'espoir, sans les démoraliser pour autant. On ne sait jamais : mes équipes pouvaient soudain avoir envie de faire du zèle. Et gêner, par inadvertance, la mécanique bien huilée que j'avais mise en place. Une mécanique un peu compliquée, comme je les aimais, susceptible de me mettre à l'abri des soucis pendant un bon moment… J'entrai d'emblée dans le vif du sujet :

« Quel est le cours de Lehman ?

– Quatre dollars zéro deux, mais ça part en glissade depuis l'ouverture de New York. Ça risque de descendre vers 3,6 ou 3,7 à la clôture.

– Il y a un an date pour date, il était à…

– Plus de 70 dollars.

– Et le cours sur la semaine ?

– Pour le moment, moins 70 %.

– Ok. Qu'est-ce qui se dit entre vous ?

– Tout le monde panique. C'est pas vraiment clair… Y a des paris dans tous les sens : les petits cinglés de Wall Street ont passé la matinée sur deal-breaker.com à miser sur la chute de Merril Lynch plutôt que sur celle de Lehman.

– Ça c'est une info, Marc ! On voit d'ici la dépêche : "Selon les bookmakers américains, la chute de Lehman et les fiançailles du prince William ne sont plus d'actualité !"

– Ces gars parient vraiment sur n'importe quoi. Bon, Kathy, tu as autre chose ?

– Vous avez vu la dépêche de l'agence Reuters sur la position de la Fed ? Elle émane d'une source anonyme, mais je parierais sur une fuite organisée par Paulson lui-même. Il explique que si Lehman Brothers n'a pas pris le temps de résoudre ses problèmes depuis un an, ce n'est pas au Trésor américain de le faire à sa place. En gros, "Vu les circonstances, il n'y aura pas d'argent public pour résoudre la situation". Ça veut dire quoi, à votre avis ? »

Je savais fort bien ce que ça voulait dire. Ce salaud préparait le terrain pour justifier sa position des jours à venir. J'essayai de jouer le jeu sans trop faire l'innocent. Tout le monde s'était mis à parler en même temps.

« Ça veut sûrement dire qu'il se met en position de force pour obliger Lehman à accepter des conditions de rachat pitoyables.

– Ou qu'il cherche à faire peur aux autres banques ?

– Plausible. Une autre idée ?

– Peut-être qu'il n'a trouvé personne pour racheter Lehman, et qu'il assure ses arrières en haussant la voix ? »

Tiens, tiens. Il y avait donc des petits malins, dans mon équipe ? C'était Marta qui venait de dire ça. Une Hollandaise consciencieuse qui avait en charge le départment « risk » de La Banque. Personne ne l'avait jamais prise au sérieux. Pas même moi. Marta n'était pas le genre de fille qu'on remarque au premier coup d'œil. Trop grosse. Mais appétissante, après tout. Il faudra que je pense à l'inviter à déjeuner en tête à tête.

D'après les écrans qui affichaient les cours en direct dans mon bureau, le marché continuait à plonger. À ce stade, il devenait urgent de recentrer la discussion pour éviter de perdre trop de temps.

« Bon. Je vois qu'on porte à peu près le même diagnostic : ça patauge. Quelle est l'exposition de La Banque par rapport à Lehman, en fin de journée ?

– Attendez… On a plus de 10 000 opérations dérivées avec eux… Y en a dans tous les sens. Vous voulez voir lesquelles ?

– Celles dont le nominal dépasse les 200 millions, et les swaps que Lehman n'a pas honorés. À partir de ce soir, je veux que le débouclement de toutes ces opérations se fasse manuellement. Et puis, on arrête les paiements automatiques de plus de 200 millions. Il faut absolument limiter les dégâts.

– Pfff ! Ça fait un paquet… Qui va superviser ces transactions ?

– Moi. J'ai l'impression que vous n'avez toujours pas compris ce qui est en train de se passer. Si ça continue, Lehman peut nous claquer entre les doigts dès la semaine prochaine. N'importe quand, en fait !

– Quand même ! L'une des plus vieilles banques américaines… Ils ont sûrement de sacrées réserves !

– J'espère me tromper. Mais je ne ferai pas courir ce risque à La Banque. Les *subprimes* vous ont suffi, non ?

– On peut vous faire un listing imprimé ?

– Allez-y tout de suite. J'en ai besoin dès ce soir. Étienne, prévenez le back office. Que quelqu'un reste en alerte là-bas jusqu'à la clôture de Wall Street.

– Damien, on est vendredi soir, c'est…

– Je suis sûr que vous allez trouver une solution, n'est-ce pas ? »

Étienne avait levé les yeux au ciel en maudissant silencieusement mon pessimisme légendaire. J'avais marqué un point. Ma réputation était faite. Je serais celui qui avait sauvé quelques centaines de millions d'euros. Ça ne filtrerait jamais à l'extérieur, mais je m'arrangerais pour que le directoire l'apprenne. Tant pis pour Numéro 1. Trop arrogant… et trop déconnecté des réalités pour avoir analysé la situation avec lucidité.

Depuis quarante minutes, j'écoutais consciencieusement mes équipes, sans ciller. Intérieurement, je trépignais. Tout se déroulait comme prévu. Fallait-il enfin croire à ma bonne étoile ? Il était temps d'aller vérifier tous ces virements. En attendant de pouvoir m'échapper, je subissais leurs commentaires. Merill Lynch, AIG, UBS, Freddy Mac et Fanny Mae : mes collaborateurs s'étaient mis à parler de façon péremptoire de tous ces grands malades, ceux qui nous avaient plantés depuis le printemps dernier. Ça leur faisait du bien, mais je n'en pouvais plus. Je voulais partir avec mon listing sous le bras pour l'étudier chez moi tranquillement, avant de retourner au back office vérifier les paiements. En admettant qu'Isabelle me laisse en paix. Ma femme était forcément furieuse. Très déçue de ne pas rejoindre Saint-Tropez pour le week-end. Je l'entendais d'ici : « C'est la meilleure saison, Damien ! J'ai promis aux Dageville qu'on les inviterait avant l'automne. Ça sert à quoi, d'avoir une maison sur la Méditerranée, si c'est pour rester à Paris ? »

Ma pauvre chérie… Si elle avait su combien j'étais déjà loin !

26

Lâché !

« *Lundi 15* septembre : 2 157 swaps de moins de 200 millions à débouder.

Mardi 16 : 5 037 swaps possibles.

Mercredi 17 : 3 922 swaps… »

Le listing se prolongeait interminablement, et les feuilles imprimées se déployaient en accordéon sur le sol. Mon imagination m'emportait déjà ailleurs. Tous ces chiffres me semblaient tellement surréalistes. Cela faisait deux heures que j'étais rentré à la maison. J'essayais de rassembler mes idées pour choisir le « bon » jour, pesant le pour et le contre, testant sans conviction quelques formules mathématiques comme le joueur de casino indécis devant une roulette qui s'est mise à tourner.

La banque Lehman Brothers était dans une situation critique, certes. Mais comment affirmer qu'il s'agissait d'un cas désespéré ? Et combien de temps pouvait durer ce type d'agonie ?

Plus je réfléchissais, moins j'y voyais clair. Je m'imaginais choisir au hasard, en m'appuyant sur l'une des comptines que Chloé nous serinait quand elle était petite : Une boule en or, c'est toi qui sort ! Au bout de trois… Un… Deux… Trois !

Mon portable privé s'est mis à sonner.

« Konrad ? Comment ça se passe pour vous ?

– …

– Vous en êtes sûr ? En ce moment ?

– …

– C'est absolument impossible ! C'est trop énorme…

– …

– Peut-être, vous avez raison. Tout est déjà décidé, n'est-ce pas ?

– …

– Merci, Konrad. Je vais tenter de stopper la machine de notre côté. »

La nouvelle tenait du miracle. Il y avait moins d'une heure, la banque J.P. Morgan venait de geler les 17 milliards de dollars d'actifs que Lehman Brothers détenait chez elle. Qu'est-ce que ça voulait dire ? Que J.P. Morgan refusait tout bonnement à Lehman le droit d'accéder à sa trésorerie. Pourquoi ? Mystère. La raison officielle semblait être que Morgan entendait se protéger contre des « compensations potentielles », comme on dit dans notre jargon. En clair, ils lançaient un message assez simple à Richard Fuld : « Vous êtes foutu, et vous nous devez sûrement quelque chose. Alors, en attendant d'en avoir le cœur net, on garde votre fric en otage. Ça n'est pas légal ? Prouvez-le ! Et, d'ici là… allez vous faire voir ! »

Cette nouvelle était proprement stupéfiante. Le lundi matin, Lehman aurait une crise de liquidité immédiate qui entraînerait l'écroulement de son cours. Et sa chute.

Je bénissais J.P. Morgan. Et je bénissais la curiosité légendaire de Konrad, toujours au courant de tout avant tout le monde !

J'avais ma réponse.

Le krach serait pour lundi matin.

J'ai commandé un taxi pour me rendre au back office de La Banque, planqué dans le nord de Paris. Je ne voulais pas prendre de risque en conduisant moi-même. J'avais intérêt à rester concentré sur les manipulations à faire dans le système informatique central. Il faudrait aller droit au but pour switcher vers mon compte off-shore les règlements censés atterrir chez Lehman, le tout en moins de quarante secondes, en évitant ainsi que les alarmes ne se mettent en branle. Je comptais profiter de la pause « cigarette » des équipes. À ce moment-là, les informaticiens quittaient leur poste pendant quatre à cinq minutes, le temps de fumer dans une salle spéciale à l'abri des regards. Cette pause était devenue une institution tant pour les fumeurs que pour les non-fumeurs. Je serais tranquille. A priori. J'avais répété la manœuvre à blanc une bonne vingtaine de fois dans ma tête. Je me sentais prêt. L'adrénaline me shootait d'une façon incroyablement euphorisante. J'avais l'impression d'avoir vingt ans et d'être sur le point de faire fortune.

En fait, rien ne s'est passé comme prévu.

Si loin des Antilles…

Ce dimanche 14 septembre, le siège de La Banque était évidemment désert. Seule la salle de réunion montrait des signes d'agitation. Le président nous avait tous fait convoquer par téléphone pour 15 heures : Étienne, le responsable du back office, certains cadres chargés de la sécurité informatique, deux ou trois responsables de la Banque de détail et quelques gestionnaires des fonds. Au début, j'avais pensé que cette assemblée ressemblait étrangement à un tribunal, puis j'avais chassé cette idée de ma tête. C'était trop tôt. Numéro 1 ne pouvait pas encore être au courant. Pas un dimanche. Pas maintenant.

Nous étions douze dans la salle de réunion. Comme les douze apôtres. Ou les douze salopards. Je me sentais plutôt du côté du film de Robert Aldrich, un membre de cette équipée de criminels qui se voient proposer une mission suicide en échange d'une amnistie.

J'étais loin du compte.

Le grand homme nous regarda les uns après les autres avec dureté. Il jouait comme d'habitude à dominer l'assemblée, indiquant aux uns et aux autres où ils devaient se placer autour de la table, gonflé comme toujours de sa propre importance.

« Où est Marc ? »

Étienne prit son air de chien battu.

« Je suis désolé, Monsieur le président. Marc est aux Antilles pour la semaine. Il prend ses congés en décalage… Il vous prie de l'excuser, il est vraiment confus de…

– Ça, c'est la meilleure ! Y a-t-il d'autres vacanciers dans cette assemblée ? »

J'avais envie d'éclater de rire en regardant la tête d'Étienne. Il était déjà rouge, pris en faute parce que l'un des membres éminents de son équipe du back office était absent. Tout ça sentait l'Inquisition. Mais le président n'en était pas à ses balbutiements en ce domaine.

« Bon. Je dois vous dire que la situation est délicate. Bien sûr, tout ce qui se dira ici est strictement confidentiel. À l'heure où je vous parle, les Américains continuent à se mobiliser pour renflouer Lehman… »

Il nous racontait vraiment n'importe quoi ! Le sauvetage de l'illustre banque était plié. Kaput, Fuld ! À l'eau, les 23 000 salariés ! À poil, les investisseurs, qui allaient se retrouver privés de 73 milliards de dollars dès le lendemain matin !

C'était insensé ! Le président de La Banque ne pouvait ignorer ce qui s'était passé à New York depuis quarante-huit heures. Le vendredi soir, quelques initiés de par le monde avaient assisté comme moi, par téléphone et mails interposés, au chassé-croisé le plus étourdissant de toute l'histoire de Wall Street.

Le drame s'était joué en deux actes.

D'un côté, le bureau loft de Richard Fuld, au 31ᵉ étage de la tour Lehman, sur la VIIᵉ Avenue. Greffé à son téléphone, le patron de Lehman Brothers s'était battu jusqu'au bout pour trouver un repreneur capable de sauver son empire. « Dick » avait appelé sans relâche ses contacts dans tous les établissements financiers et parmi les milliardaires de la planète. Les investisseurs du Moyen-Orient avaient été les premiers à lui raccrocher au nez. Les Chinois, les Russes, les Américains avaient suivi. En réalité, cela faisait des mois que Fuld cherchait une solution. Depuis juillet, en fait. Depuis que Paulson et la Réserve fédérale américaine lui avaient refusé la possibilité de changer de statut pour devenir une banque commerciale susceptible d'avoir accès aux différentes aides de l'État. Deux heures auparavant, Barclays lui avait annoncé qu'elle retirait son offre de rachat, cédant au refus catégorique de Paulson de garantir les actifs de Lehman.

Le dernier espoir de Fuld ? Bank of America. Fuld tentait inlassablement de joindre le président de BofA, Ken Lewis, pour lui faire une offre mirobolante. Mais Kenneth ne répondait pas.

Logique : à ce moment précis, il était avec le secrétaire au Trésor, à quelques blocs de là.

Car le drame s'était également noué au siège new-yorkais de la Fed, au sud de Manhattan. Henry Paulson avait convoqué dans son bureau l'élite de la communauté de Wall Street. Au programme : le brain-storming le plus cher de l'année. Étaient présents Ken Lewis, mais aussi Timothy Geithner, le président de la Fed de New York, Christopher Cox, le gendarme de Wall Street, et les patrons des plus grandes banques américaines. En principe, il s'agissait de trouver le moyen de dégager une petite centaine de milliards de dollars, pendant le week-end, pour soutenir la trésorerie de Lehman et sauver la banque de la faillite. Une gageure. Non parce que les interlocuteurs de Paulson n'avaient pas le pouvoir de mobiliser cette somme, loin s'en faut, mais parce que personne n'avait à ce moment-là envie de donner le coup de pouce décisif à « Poison Fuld ». Son arrogance, son mépris des règles et des convenances chères à Wall Street avaient fait le vide autour de lui.

En moins de deux heures, le problème avait été réglé. Lehman ne pouvait pas être sauvé. Ce serait la version officielle, sans plus d'explications. Les invités à cette réunion secrète allaient alors s'attaquer à un morceau qui semblait davantage les motiver : le rachat de Merrill Lynch. En première ligne dans cette tentative de dépeçage : Bank of America à qui Paulson avait promis d'accorder des conditions exceptionnelles pour lui faciliter l'opération.

Dick Fuld pouvait toujours faire sonner le portable de Ken Lewis : celui-ci ne prendrait même pas la peine de lui répondre.

Quelques heures à peine après ce sommet dramatique, dans la salle de réunion climatisée du siège de La Banque, le président continuait à pérorer :

« La situation est délicate... »

En écoutant cette langue de bois à laquelle je n'arrivais toujours pas à m'habituer, je commençais à faire à part moi de la philosophie de comptoir : l'information se structure comme un millefeuille et chaque groupe humain a accès à l'une de ses couches ; les données qu'il détient ne sont pas forcément fausses, mais tronquées ; il manque toujours un bout de la vérité pour nous permettre de comprendre vraiment ce qui se passe...

« Damien ? Vous êtes avec nous ? »

Aïe ! Je n'aimais pas du tout le tour que prenait soudain la conversation. Il fallait absolument que je calme le jeu sans donner l'impression de sous-estimer la gravité de la situation.

« Oui ? La réponse est oui : La Banque est bien sûr exposée au risque Lehman. J'ai d'ailleurs demandé vendredi soir la liste des swaps en cours et j'ai pris les décisions qui s'imposaient.

– Cela vous ennuierait-il de nous informer des « décisions qui s'imposaient » et que vous avez prises sans nous en parler ?

– Nous devons déboucler lundi matin plus de 5 000 opérations de change arrivées à terme. J'ai eu une intuition et suis passé au back office vendredi soir. J'ai demandé à ce qu'on passe en manuel tous les swaps non honorés par Lehman et tous ceux de plus de 200 millions d'euros. On est à l'abri.

– Je suppose que nous devons nous contenter de cette affirmation ?

– Pas tout à fait. Nous allons devoir tout examiner de plus près.

– Abrégeons ! Puisque vous semblez avoir pris les choses en main, vous allez sûrement pouvoir nous éclairer sur la conduite à tenir ? Nous vous écoutons. »

La vérité, c'est que j'étais dans une impasse. Numéro 1 était fou de rage à l'idée que j'aie pu prendre une initiative sans l'en informer, laquelle avait produit de surcroît des effets miraculeusement positifs. Mais le pire était qu'il allait maintenant demander à ce que soient débouclés manuellement tous les swaps. Tous, sans exception ! Mon détournement serait donc annulé avant même d'avoir pu produire ses effets. Un cauchemar…

« Bon, je vois que l'inspiration céleste de Damien s'est volatilisée. Combien de swaps sont encore en débouclage automatique, ce soir ? »

On y était. Je décidai de me taire. Je ne pouvais me résoudre à m'ouvrir le ventre. Quant à Étienne, il regardait la pointe de ses chaussures en silence. Bizarre. En général, ce lèche-bottes ne loupait pas une occasion de jouer au bon élève.

« Personne n'est fichu de me fournir cette information ? C'est incroyable ! »

Étienne s'est finalement jeté à l'eau. Il avait sous les yeux le récapitulatif du listing que je lui avais laissé le vendredi soir, en quittant le back office.

« Il nous reste 2 157 swaps qui seront débouclés automatiquement demain.

– À quelle heure ? aboya le président.

– Six heures quarante-cinq.

– Bon. Eh bien, vous filez au back office pour les passer en manuel.

– C'est que…

– Oui ?

– On a un petit souci. »

Je me cramponnai à la table. Un petit souci ? J'attendais la suite en retenant mon souffle. Étienne s'était mis à parler d'une voix très faible, à peine audible.

« C'est-à-dire que nous avons besoin de trois codes pour passer en manuel, et…

– C'est bien aimable à vous de nous expliquer le fonctionnement de nos procédures de sécurité, mais… Quel est le problème ? »

Je me mordis la joue pour ne pas pousser un cri de joie. Je venais de comprendre ce qu'Étienne essayait de nous dire : pour changer les procédures de swaps, la direction avait imposé un système assez compliqué, censé nous protéger des hackers. Alors que j'avais seulement eu besoin d'une combinaison de codes pour dérouter vers mon compte off-shore les versements automatisés à l'intention de Lehman, nous nous trouvions maintenant dans l'obligation d'utiliser conjointement trois cartes magnétiques pour passer les swaps en manuel. Étienne détenait la première carte magnétique. En tant que directeur général en charge de la sécurité, on m'avait confié de droit la deuxième carte magnétique.

« … Et la troisième, Marc vient de m'informer qu'il l'a malencontreusement emportée aux Antilles. »

Tout le monde a pris le temps de digérer cette nouvelle. J'exultais. Nous n'avions aucune carte de secours. Il faudrait en fabriquer une autre, mais nous avions externalisé cette procédure. Et personne n'avait bien sûr les coordonnées privées des responsables de la société informatique qui gérait nos systèmes de sécurité. On pourrait les joindre en urgence le lendemain matin, mais pas avant neuf ou dix heures. Ça ne prendrait certes que quelques minutes… Mais ces minutes-là arriveraient bien après les premiers versements destinés à Lehman. Ou plutôt sur mon compte.

Ragaillardi, j'ai eu envie de me payer la tête du président, satisfaction que je m'étais refusé bien à tort depuis près de deux décennies.

« Il faut peut-être parier sur le fait que les Américains vont trouver une solution ? Vous aviez parlé d'un rachat… »

Numéro 1 a fait semblant de ne pas entendre ma remarque. Il s'est tourné vers le responsable du back office.

« Quel est le montant des swaps qui vont filer vers Lehman demain matin ?

– Je ne sais pas très bien, Monsieur le président. Si vous le souhaitez, je vais aller vérifier ça.

– C'est ça, Étienne, allez vérifier. De toute façon, votre présence ici n'est plus indispensable. »

Le président a expédié la fin de la réunion. Tout le monde espérait secrètement qu'un accord serait trouvé dans la nuit pour sauver Lehman.

Tout le monde... sauf moi !

28

Le krach

Lundi 15 septembre. L'heure de vérité du capitalisme approchait. Je le pressentais sans encore oser me l'avouer. À 7 h 15, j'étais le premier – et le seul – à l'étage de la direction de La Banque. Tant mieux. Je pouvais déjà imaginer l'humeur du président quand il allait débarquer. J'avais profité de ce temps disponible pour joindre le back office. On m'avait confirmé que les swaps de change automatisés vers Lehman avaient été honorés à 6 h 44 précises. Tous les swaps ? Oui, tous. Non, aucune alarme ne s'était déclenchée, pourquoi ? Pour rien. Apparemment, j'avais réussi mon coup. C'était presque trop beau. Pourtant, j'avais encore un doute : je voulais savoir où avait atterri l'argent. Les bureaux de la Banca d'Andorra n'ouvriraient pas avant 9 heures. Il allait falloir s'occuper d'ici là.

Mes collaborateurs s'étaient rassemblés dès huit heures pour le *morning meeting* consacré à expliquer ce qui s'était passé pendant le week-end. La veille, tard dans la soirée, le porte-parole de Lehman Brothers avait annoncé que la banque demandait à être placée sous la protection de la loi sur les faillites « afin de protéger ses actifs et de maximiser sa valeur ». Bel euphémisme ! Les banquiers sont comme les médecins : ils dissimulent leurs échecs derrière un jargon aussi prétentieux qu'abscons. À les écouter, on finirait tous par mourir guéris… Comme si Lehman pouvait encore « maximiser » sa valeur ! Dans la demande de dépôt de bilan, il apparaissait que les comptes étaient bourrés de trous et de créances suspectes. Fuld et ses sbires avaient osé donner une évaluation de leurs actifs qui remontait à mai 2008, six mois auparavant. Autant dire une éternité ! Les 639 milliards de dollars brandis fièrement ce jour-là ne représentaient en réalité, dans le meilleur des cas, qu'une petite cinquantaine de milliards, auxquels on pouvait ajouter, en admettant qu'ils n'avaient pas été déjà dilapidés, les trente milliards de dollars de fonds propres de la banque. Quatre-vingts milliards ! Le plongeon était vertigineux, d'autant plus qu'en face, dans la colonne passif, Lehman Brothers affichait officiellement 613 milliards de dettes. Il y avait comme un léger problème, effectivement…

La vérité est que Lehman allait crever parce que Fuld avait eu les yeux plus gros que le ventre. Trop d'actifs incertains et pas assez de capital. Un diagnostic simple et fatal. « Poison Dick » était condamné, mais, aujourd'hui, personne ne pensait même plus à l'accabler. Pourquoi ? Parce que la majorité des banques d'affaires se savaient fort bien dans la même situation. Au bord du gouffre.

Nos traders avaient du mal à y croire. Lehman en faillite ? Ça leur semblait impossible. Après la stupeur et les questions précises, techniques, mais assez peu nombreuses sur le fond, chacun s'était rué vers son poste de travail, sans plus de commentaires. Il était 8 h 25, nous savions tous que le marché allait plonger dans les heures à venir. Nos priorités étaient assez simples : d'abord, identifier notre exposition et tenter de planquer nos actifs estampillés Lehman en… autre chose de plus anonyme. Ensuite, nous élargirions notre opération de camouflage à tous nos produits dans lesquels les *subprimes* apparaissaient, fût-ce de façon subliminale. Enfin il faudrait dépecer la bête tant que les gros chasseurs américains dormaient encore. Une équipe avait été chargée d'avertir les plus éminents clients de Lehman de ce qui les attendait, pour essayer de les récupérer et d'organiser leur exfiltration vers nos comptes. Pas facile, mais très rentable. Axa avait tout de suite répondu alors que les différents fonds d'investissement avaient été plus difficiles à convaincre. Pour eux, les choses se compliquaient d'heure en heure. Je devais apprendre de la bouche même de Joseph Oughourlian, gérant du fonds d'investissement américain Amber Capital, que la filiale londonienne de Lehman Brothers avait gelé le même jour la plus grosse partie de ses actifs. Cette faillite était sur le point de devenir un piège à rats où les plus riches, pour une fois, risquaient de passer un sale quart d'heure.

Neuf heures. Paris avait ouvert en repli de 2,48 %, avant de s'enfoncer rapidement de plus de 4 %. Les valeurs financières étaient déjà massacrées. Et New York dormait encore.

Je m'étais enfermé dans mon bureau pour joindre l'Andorre.

Toujours la même procédure : on allait me rappeler sur mon portable privé. Les informations furent on ne peut plus laconiques : 317+ à 6 h 45, ce matin. Je gardai cette info codée dans un recoin de ma tête, bien décidé à la savourer un peu plus tard.

L'alerte fut donnée à onze heures, heure de Paris. C'était l'un des grouillots du back office qui avait buté sur l'anomalie. Lehman Brothers, Brothers Lehman… De son cerveau avait jailli l'étincelle ! Il en était sûr, l'ordinateur avait buggé, ce qui voulait peut-être dire que les swaps de change n'avaient pas eu lieu. Un espoir insensé lui était venu et l'employé avait commencé à faire du zèle. Son heure de gloire avait sonné, il le sentait !

En vérifiant les chiffres et les ordres, il a vite déchanté. Ça ne collait pas. En tout cas, il n'y avait pas eu de bug. Et l'argent n'était plus dans les caisses de La Banque. Où était-il ? Il a cherché en suivant le transfert à la trace. La destination finale lui est apparue assez facilement. Il s'agissait d'une obscure banque dont il n'avait jamais entendu parler. Interrogée par mail sur l'identité du client, la Banca d'Andorra a répondu que cette information n'était pas disponible. 317 millions d'euros envolés en quelques minutes. Il n'y comprenait plus rien, si ce n'est que ça sentait mauvais. Il valait mieux en référer à ses supérieurs, sans trop insister sur ce qu'il avait compris.

C'est Étienne qui m'a prévenu. On était dedans de 317 millions, volatilisés pendant leur trajet virtuel à destination des États-Unis. Visiblement, des hackers s'étaient introduits dans le système. Après la boulette de la carte magnétique envolée, partie par inadvertance aux Antilles, bloquant ainsi le retour au traitement manuel des virements, Étienne n'en menait pas large. Il avait à cœur de démontrer que ce détournement, monstrueusement bien organisé et conduit par des terroristes surentraînés, n'aurait en aucun cas pu être évité. C'était ça, ou il se voyait déjà viré pour faute grave.

Évidemment, j'étais bien placé pour savoir qu'il allait quand même être licencié, mais j'ai beaucoup apprécié sa façon de se débattre avec l'énergie du désespoir. Je l'ai d'ailleurs soutenu dans chacune de ses démonstrations visant à nous convaincre que nous avions eu affaire à un gigantesque complot.

Le président était un peu décontenancé. Ainsi donc, le terrorisme bancaire annoncé régulièrement par quelques journalistes existerait bel et bien ? On vivait vraiment une époque pourrie, les gens ne faisaient plus le boulot pour lequel ils étaient payés, et tout devenait soudain possible. Même les conneries les plus patentes.

Le raid sur nos comptes est passé comme une lettre à la poste. Cerise sur le gâteau de cette magnifique journée : dans un sursaut de lucidité, le vieux beau a demandé à ce que cette nouvelle ne soit pas ébruitée. On en reparlerait plus tard. Pour l'heure, la directrice de la communication devait mettre au point le communiqué destiné à enterrer la nouvelle. Il y serait question d'« incidents techniques » à l'origine d'une « erreur dans l'affectation d'un certain nombre de virements ».

Le montant ? Il serait annoncé quelques jours plus tard, noyé au milieu d'une série de chiffres concernant les opérations habituelles de La Banque. En plein krach, ce communiqué avait toutes les chances de passer inaperçu.

Pendant ce temps-là, Lehman a continué sa chute hors cotation pour échouer à 21 cents, soit un effondrement de 94 %. Certains journalistes se souviendraient qu'un an auparavant, le magazine *Fortune* avait décerné à cet établissement prestigieux le titre de « banque d'investissement la plus admirée des États-Unis ».

En ce lundi soir 15 septembre 2008, son linceul était prêt. Et les traders du monde entier, avachis sur leurs ordinateurs, pleuraient à chaudes larmes la fin d'un monde.

J'avais du mal à penser à autre chose qu'à ces 317 millions qui m'attendaient. C'était peut-être moins que ce qu'avait accumulé Fuld, mais légèrement plus que la fortune d'Édouard et David Rothschild réunis. Après tout, je les méritais autant qu'un autre. Je n'étais pas pire que tous ces voyous, ces patrons dégagés pour faute lourde qui s'enfuyaient en emportant l'argent de leurs actionnaires et de leurs clients. La réalité ? J'avais mal négocié mon contrat, au moment de ma nomination, et il avait fallu ces événements inouïs pour m'offrir ce à quoi j'avais droit : un parachute doré. Pour une nouvelle vie.

Maintenant, je pouvais sauter.

ÉPILOGUE

Huit mois ont passé. Huit mois depuis le krach. Cela fait cinq mois que j'ai quitté La Banque. « Remercié avec les honneurs » serait d'ailleurs une formulation plus juste. J'ai même eu droit à un petit cocktail où, en présence de tous mes collègues, le nouveau président, à peine nommé, a fait un éloge vibrant de ma contribution au rayonnement de notre établissement. C'était touchant. Certains, dans l'assistance, avaient l'air quelque peu surpris. Surtout quand le nouveau venu a insisté sur son désir que nous puissions continuer à travailler ensemble sous de nouvelles formes, mais toujours dans ce bel esprit de coopération et d'amitié. Dans la foulée, il a aussi prédit un redressement « maintenant plausible » des marchés, précisé que les comptes de La Banque avaient été « passés à la paille de fer », et que la sous-estimation du cours ne pouvait plus durer très longtemps. Ça commençait bien.

On lit partout que cette crise a du bon. Qu'elle va mettre un terme aux excès, aux rémunérations délirantes, aux primes à l'échec. Qu'on va réinventer le capitalisme. Que les PDG vont (enfin !) devenir responsables. Que les traders (mais oui !) vont se calmer. Et que le temps des folles spéculations est derrière nous.

Mais que s'est-il passé en vérité durant ces huit derniers mois ?

Les banquiers – enfin les dirigeants de banques – sont-ils désormais responsables sur leurs biens propres, comme ce fut autrefois le cas dans de grandes maisons ? Non.

Les paradis fiscaux sont-ils toujours bien vivants ? Accueillent-ils encore la trésorerie de la plupart des multinationales en activité et le patrimoine des grandes fortunes mondiales ? Même s'ils vont devoir faire quelques concessions, la réponse est : oui.

A-t-on renoncé aux miraculeuses cachettes que représente le maquis du hors-bilan ? Ces cavernes comptables inaccessibles au commun des mortels – épargnants, journalistes ou même analystes financiers – existent-elles toujours ? Oui.

Les banquiers ont-ils eu la décence de rendre l'argent ? D'abandonner leurs bonus extravagants ? leurs parachutes en or massif ? Non, non, encore non.

Et la transparence des comptes, s'est-elle vraiment améliorée ? De nouvelles règles plus contraignantes sur la communication financière ont-elle été adoptées ? En aucun cas.

Qu'ont fait les ministres des Finances et les chefs d'État qui se réunissent de plus en plus souvent – encore récemment à Londres – pour masquer leur impuissance ? Rien. Ou si peu.

Il faut regarder la réalité en face : oui, cette sorte de banquiers dont j'ai été sont pourris. Oui, ils se sont gavés pendant vingt ans, et encore oui, ils pensent que le festin va bientôt reprendre. Personne ne souhaite renoncer à l'autorégulation. D'ailleurs, l'opacité représente pour eux à la fois un réflexe et un mode de vie.

La situation reste d'une extrême gravité, la confiance n'a plus cours sur les marchés. Les règles de la finance doivent maintenant être bousculées. Mais ils ne veulent rien entendre. Donc, la crise va se prolonger. Pas huit mois, comme certains tycoons ont pu d'abord l'imaginer, mais plutôt un an, peut-être deux. Au minimum.

Et puis, un jour, les bourses seront tombées tellement bas que la probabilité de gagner à nouveau de l'argent augmentera. Jusqu'à devenir irrésistible. Les actions remonteront, l'économie se redressera, et on sera sorti d'affaire. La seule question est : quand ?

Bien sûr, quelques nuages sont apparus. Andorre n'est peut-être pas le refuge idéal. Pas grave : mon magot sera transféré ailleurs, plus loin. À Singapour. Peut-être en Chine, qui sait ?

En attendant, je profite de ma nouvelle vie. Personne ne saura que c'est moi qui ai écrit ce livre : j'ai changé certains détails et passé sous silence des précisions qui auraient contribué à m'identifier.

Il est dix-neuf heures. Deux heures du matin, chez vous. D'ailleurs, je dois vous laisser : mon rendez-vous m'attend. Je parierais sur un déshabillé de soie noir.

Elle est pas belle, la vie ?

NOTE

Il va de soi que la forme des propos que j'ai mis dans la bouche des protagonistes cités dans ce livre n'est imputable qu'à ma mémoire, laquelle a pu se révéler parfois approximative.

C.

Table

 **www.livredepoche.com**

- le **catalogue** en ligne et les dernières
  parutions
- des **suggestions de lecture** par des libraires
- une **actualité éditoriale permanente** :
  interviews d'auteurs, extraits audio et vidéo,
  dépêches…
- **votre carnet de lecture** personnalisable
- des **espaces professionnels** dédiés
  aux journalistes, aux enseignants
  et aux documentalistes

Composition réalisée par NORD COMPO

Achevé d'imprimer en octobre 2009 en Espagne par
LITOGRAFIA ROSÉS
Gava (08850)
Dépôt légal 1re publication : novembre 2009
LIBRAIRIE GÉNÉRALE FRANÇAISE – 31, rue de Fleurus – 75278 Paris Cedex 06